U0447799

作家散文
典藏

丁立梅 著

丁立梅散文

作家出版社

目 录

第一辑 有美一朵,向晚生香

一天就是一辈子	3
从春天出发	5
一万个春天在跳舞	7
蔷薇几度花	12
五月花事	15
一身诗意一年蓬	20
春在溪头荠菜花	23
终朝采蓝	26
菊有黄花	31
菊 事	34
多识草木	37
花开在野	40
沾得人间一捧色	42
有美一朵,向晚生香	49
秋天的黄昏	52
冬日小帖	55
人与花心各自香	64

草木染	67
每一个四季，都是自己的人生	69
风会记得一朵花的香	71

第二辑　愿全世界的花都好好地开

小欢喜	77
恰　好	80
偶　遇	82
送自己一朵微笑	84
做个好天气一样的人	87
总有一束光，能被我们捉住	95
品味时尚	98
送你一朵云	101
会飞的太阳	104
向着美好奔跑	107
许明天一个梦想	110
每一棵草都会开花	113
愿全世界的花都好好地开	115
《诗经》里的那些情事	117
一方水土养一方人	123
让每一个日子，都看见欢喜	127
低到尘埃的美好	130
我愿做一只陶罐	134
美的感知	137

第三辑　花未央，人未老

掌心化雪	143

你并不是个坏孩子	146
一朵栀子花	149
比时光更坚强	151
爱的语言	153
蓝色的蓝	155
萝卜花	158
爱，是等不得的	161
花未央，人未老	164
留　香	167
十亩间	170
幽幽七里香	172
那个被你伤得最深的人	175
见字如面	178
幸运的你啊	181

第四辑　走着走着，花就开了

书香作伴	187
数点梅花天地心	190
走着走着，花就开了	193
小扇轻摇的时光	195
牛皮纸包着的月饼	198
在艾香里吃粽子	201
挂在墙上的蒲扇	203
回　家	206
最美的语言	209
他在岁月面前认了输	212

如果可以这样爱你	215
那些疼我的人	217
梨花风起正清明	220
浮生一梦	223
那些旧物件里的念想	236
乡下的年	241
祖母的葵花	244

第五辑　去细嗅蔷薇

住在自己的美好里	249
那些温暖的……	252
去细嗅蔷薇	255
我的"瓦尔登湖"	258
江南小记	260
南有乔木	263
一定要，爱着点什么	271
开在悬崖上的点地梅	273
旅行的意义	275
一个人的碧海蓝天	278

第一辑　有美一朵，向晚生香

一天就是一辈子

我买了一堆彩铅,作画。

我在纸上随意描摹,画猫,画狗,画小草,画小花。态度谦恭认真,像刚学涂鸦的小孩。人见之,大不解,问我什么的都有。"你为什么现在要学画画?画了做什么用的?""你是想改行做画家么?""是哪里约你的画稿吗?""你是想给自己的书画插图么?"……无一例外的,都奔着一定的功利去。仿佛我种下一棵树,就是为了收获到一树的果,否则,就不符世道常规,就让人匪夷所思了。

可是,有时种树,只为那栽种时劳作的喜悦,有阳光洒下来,有汗水滴下来,泥土芬芳,内心充盈,就很好了呀。它实在无关以后,以后,有没有一树的花,有没有一树的果,有什么要紧呢!

年少时,我是那么热衷地喜欢过画画。梦想里,是想拥有一屋子的彩笔,画一屋子的画,在墙上随便贴。却被大人们认为不务正业,他们苦口婆心地劝告,小孩嘛,将来考上好大学,找份好工作,做人中龙凤,才是最好的奋斗目标。我很听话地,藏起自己的梦想,一日一日,朝着大人们所要求的样子,成长起来。偶尔想起,我曾经也有过自己的梦的,却恍若隔世了。

想想我们一生,几乎都活在世道的常规里。做任何事,走任何路,是早就规定好了的,由不得我们自己做主。我们以世俗的目光,来衡量着成败,追逐着那些所谓的梦想,追得好辛苦。到头来,外表或许很光鲜了,繁花似锦,内里,却空空如也,一颗心,常常找不到着落处。在前行的路上,我们早把自己弄丢了。

好在还有时间来弥补。我以为,哪怕生命只剩最后一天,都为时不晚。这一天,你完全属于你自己,你可以捡拾起从前喜欢的笛子,吹上两段,断续不成曲那又有什么关系?你不必在乎他人的眼光,不必在意曲调是否流畅,你只享受着你吹响的那一刻。手握笛子,有音符从心底飞出,你很快乐。能够使自己快乐,才是人生最大的收获。

就像现在我拿起画笔,不定画什么,也不定画成什么模样,赤橙黄绿,落在纸上,都是我缤纷的喜悦。那些我曾经的年少,那些我隐蔽的梦想,在纸上一一抵达。风吹着窗外的花树,云唱着蓝天的歌谣,怎么样,都是好了,我可以把一天,过成我想要的一辈子。

从春天出发

　　风，暖起来了。云，轻起来了。雨也变得轻盈，像温柔的小手指，抚到哪里，哪里就绿了。草色遥看近却无的。奇妙就在这里，你追着一片绿去，那些毛茸茸的绿，多像雏鸡身上的毛啊。可是，等你到了近前，突然发现，它不见了。你一抬眼，却又看见它在远处绿着，一堆儿一堆儿的，冲着你挤眉弄眼。春天的绿，原是个调皮的小伙伴，在跟你捉迷藏呢。而你知道，春天，真的来了。

　　那么，我们出发吧，从春天出发。

　　先去问候一下河边的柳，"碧玉妆成一树高，万条垂下绿丝绦。"真的是这样啊，你需微仰了头，看它们在春风里蹁跹。毫无疑问，柳是春天最美的使者，它一抬胳膊，燕子飞来了。它一扭腰肢，光秃秃的枝条上，就爬满翠色的希望。采下一枝柳吧，装进我们的行囊，在春天，我们学会收藏希望。

　　去问候一些花儿。桃花、梨花、菜花，次第开放。它们偷了春天的颜料，把自己打扮得鲜艳明丽。粉红，莹白，鹅黄，晃花人们的眼。河边的小野花们，也不让春天，它们在春风里，争相撑开了笑脸，星星点点。它们没有桃花的艳，没有梨花的白，没有菜花的恢宏，可是，它们也一样开出生命的美丽。万紫千红总是春呢，它们一样是春的主人。摘下一朵小野花吧，装进我们的行囊，在春天，我们学会收藏美丽。

去问候一些小生灵。蜜蜂、蝴蝶、蟋蟀、蚂蚱……一个冬天过去了，它们过得好吗？侧耳倾听，我们会听到它们拨动泥土的声音，它们就要出来了，带着它们的歌声。那好，就让我们静静坐一会儿吧，坐在小河边。坐在山坡旁。或者，就坐在一棵树下，等待着那些歌声响起，那些来自大自然的声音，多么美妙、纯洁。那是天籁之音。用心记下那些旋律吧，放进我们的行囊，在春天，我们学会收藏歌声。

去问候飘荡的春风。"惟春风最相惜，殷勤更向手中吹"。其实，它何止是吹在手中？它是吹在心里面。于是，草绿了，花开了。人的脸上，荡起微笑。严冬终于过去了，沉睡的生命，在春风里苏醒，欣欣向荣。请与春风相握吧，在春天，让我们学会感恩与珍惜。

去问候一些种子。葵花、玉米、棉花……那些香香的种子，它们的身体里，积蓄着阳光和梦想。泥土的怀抱，已变得湿润酥软。它们迫不及待地扑进泥土里，那里，很快会生长出一片葳蕤。而到了夏秋，会有果实累累的喜悦。

只有在春天种下梦想，才能在夏秋收获。那么，让我们学会播种吧，在春天，跟着一粒种子一起成长。

一万个春天在跳舞

一

紫藤花开了满满一长廊,太多了,紫色的洪水般的,奔腾咆哮着。

我仰头欣赏了大半天,问它借了两串——这不过是它汪洋中的一滴,想来它也不会太介意。

它当然不介意,我走远了回头看,它依然披一长廊的紫。如紫色的洪水般的,咆哮着奔腾着。

我回家,去茎去叶,只留花儿,拿盐水泡了。一大把紫色的"小蝶儿",拥挤在我的碗里。

我又用开水焯了。然后,沥干水,切碎了,搅拌进糯米粉里。再揉成团,分成一个一个剂子,压扁了,成紫藤花饼。平底锅抹一层油,起火,趁着油滋啦啦唱起歌的时候,把饼放进去,烙得两面嫩黄,即可起锅。

真香啊。太香了!

做这些时,我一直在哼着歌,心情愉悦得好像有一万个春天在跳舞。

我想起一句话来,你必须热爱你手头正做的事,你必须和它坠入爱河,你才能收获到快乐。此话说得真是十分十分正确啊。

二

下午散步,走到一条小河边,看见一只夜鹭,蹲在水边,胖胖的身子蜷成一团,像块石头似的。它一动不动盯着水面看,偌大的世界,在它眼里,只剩眼前的一汪水了。它专注地看呀看,差不多要把水面盯出个洞来。

我很想知道,它是在看鱼吗?它大概很不明白,鱼为什么能在水里面游呢?

或者,它是在欣赏自己的倒影,为自己英俊的外表所倾倒。却又想不明白,为什么自己会出现在水里。

又或者,它是在欣赏水里面的天空,惊奇于云朵怎么能在水里面走。

它始终无法想明白,因此多了很多探究的乐趣。正如我始终没有想明白它,因此一个下午,我都快快乐乐地看着它,觉得有趣极了。

三

南方的云太吓人了,像是从天宫里被放出来的魔兽,一个个都无法无天的。它们在天空中翻滚着、追逐着、扑打着、撕咬着,真担心它们会把天给捅出十个八个窟窿来。

那是在深圳,我正走在大街上,偶一抬头,被这大闹天宫的云给吓了一大跳。一旁一扫地的环卫工人见我仰头看天,他也挂帚观看。他的脚边,落了一地的凤凰花,红扑扑的。

我看了许久。

他也看了许久。

我们后来相视一笑,不着痕迹地交换了云的秘密。

四

搬进新居的时候,我在新居进门的一面墙上,挂了一幅十字绣。画面上,绣着个捧陶罐的女人,十分的典雅。这是一朋友绣好送我的,一进门,就能看到。

平时很少打量它。只有客人来,才会看两眼。客人盯着画看,赞叹道,好漂亮的画!这是满格绣呀,得花多少工夫才能绣出来呀。客人说。客人是个懂行的。当他得知这是朋友绣好送来的,便越发感慨起来,你们这个朋友对你们太好了,这画绣得多好啊。

我和那人也只是附和一声,是啊,是啊。顺便看一眼画,心里并没有太大的波动。再漂亮的东西,久了,也就熟视无睹了。

后来我有了工作室。工作室里缺少装饰,我便把这幅画取下来,挂到工作室去了。

再回家,进门时,总觉得有些不习惯了。靠近大门的墙上空了一块,又荒芜,又冷清。最后到底跑去工作室,把那幅画取回来,重又挂上墙,一切这才回归正常——日日待在身边的事物,早已成了不可或缺。

这颇像在婚姻里相处久了的两个人,不再有新鲜感,也不再说爱了,日子似乎乏味着,可一旦失去一个,便会留下巨大的空洞,任什么也填补不了。两个人早已于不知不觉中,渗透进彼此的生命里,你离不开我,我离不开你了。

五

我被一架子花花绿绿的扎头绳吸引住。

我挑拣,购买。

那是在印度德里,一个繁华的商场里。

我身边的同行者,和我年纪相仿的陈女士,相当不理解我的行为。她刚刚买了几万块钱的珠宝。她的口头禅,到我们这个年纪的女人,要好好享受生活。

到了我们这个年纪——这是我听她说得最多的话了。

她问我,你买这个做什么?

我答,扎小辫子用呀。

啊,扎小辫子?她惊讶地瞪大眼,嘟囔道,到了我们这个年纪，还扎什么小辫子，还不如买点珠宝戴戴来得实在。

我笑笑，兀自欢欢喜喜买了一大堆，赤橙黄绿青蓝紫。我要一天换一种颜色扎。

我挑了两根蓝色的扎头绳，扎两只小辫子垂在胸前——这样的发型，在她眼里，很不符合"我们这个年纪"，可是它是多么适合我。

年纪是什么？它只是时间的一个刻度而已。我经过了它，它却主宰不了我的心情和我对待生活的态度。

每个人的人生，都是自己的人生，只做自己觉得舒服的事情，不问年纪，不问来处去处，欢喜自在，便好。

蔷薇几度花

喜欢那丛蔷薇。

与我的住处隔了三四十米远,在人家的院墙上,趴着。我把它当作大自然赠予我们的花,每每在阳台上站定,目光稍一落下,便可以饱览到它:细长的枝,缠缠绕绕,分不清你我地亲密着。

这个时节,花开了。起先只是不起眼的一两朵,躲在绿叶间,素素妆,淡淡笑。还是被眼尖的我们发现了,我和他几乎一齐欢喜地叫起来:"瞧,蔷薇开花了。"

之前,我们也天天看它,话题里,免不了总要说到它。——你看,蔷薇冒芽了。——你看,蔷薇的叶,铺了一墙了。我们欣赏着它的点点滴滴,日子便成了蔷薇的日子,很有希望很有盼头地朝前过着。

也顺带着打量从蔷薇花旁走过的人。有些人走得匆忙,有些人走得从容。有些人只是路过,有些人却是天天来去。想起那首经典的诗:"你站在桥上看风景/看风景的人在楼上看你。"这世上,到底谁是谁的风景呢?——你是我的,我也是你的,只不自知。

看久了,有一些人,便成了老相识。譬如那个挑糖担的。

是个老人。老人着靛蓝的衣,瘦小,皮肤黑,像从旧画里走出来的人。他的糖担子,也绝对像幅旧画:担子两头各置一匾子;担头上挂副旧铜锣;老人手持一棒槌,边走边敲,当当,当当。惹得不少路人循了声音去寻,寻见了,脸上立即浮上笑容来,"呀"一声惊呼:"原来是卖灶糖的啊。"

可不是么!匾子里躺着的,正是灶糖。奶黄的,像一个大大的月亮。久远了啊,它是贫穷年代的甜。那时候,挑糖担的货郎,走村串户,诱惑着孩子们的幸福和快乐。只要一听到铜锣响,孩子们立即飞奔进家门,拿了早早备下的破烂儿出来,是些破铜烂铁、废纸旧鞋等,换得掌心一小块的灶糖。伸出舌头,小心舔,那掌上的甜,是一丝一缕把心填满的。

现在,每日午后,老人的糖担儿,都会准时从那丛蔷薇花旁经过。不少人围过去买,男的女的,老的少的,有人买的是记忆,有人买的是稀奇。——这正宗的手工灶糖,少见了。

便养成了习惯,午饭后,我必跑到阳台上去站着,一半为的是看蔷薇,一半为的是等老人的铜锣敲响。当当,当当当——好,来了!等待终于落了地。有时,我也会飞奔下楼,循着他的铜锣声追去,买上五块钱的灶糖,回来慢慢吃。

跟他聊天。"老头。"——我这样叫他,他不生气,呵呵笑。"你不要跑那么快,我们追都追不上了。"我跑过那丛蔷薇花,立定在他的糖担前,有些气喘吁吁地说。老人不紧不慢地回我:"别处,也有人在等着买呢。"

祖上就是做灶糖的。这样的营生,他从十四岁做起,一做就做了五十多年。天生的残疾,断指,两只手加起来,只有四根半指头。却因灶糖成了亲,他的女人,就是因喜吃他做的灶糖,而嫁给他的。他们有个女儿,女儿不做灶糖,女儿做裁缝,女儿出嫁了。

"这灶糖啊,就快没了。"老人说,语气里倒不见得有多愁苦。

"以前怎么没见过你呢?"

"以前我在别处卖的。"

"哦,那是甜了别处的人了。"我这样一说,老人呵呵笑起来,他敲下两块灶糖给我。奶黄的月亮,缺了口。他又敲着铜锣往前去,当当,当当当。敲得人的心,蔷薇花朵般地,开了。

一日,我带了相机去拍蔷薇花。老人的糖担儿,刚好晃晃悠悠地过来了,我要求道:"和这些花儿合个影吧。"老人一愣,笑看我,说:"长这么大,除了拍身份照,还真没拍过照片呢。"他就那么挑着糖担子,站着,他的身后,满墙的花骨朵儿在欢笑。我拍好照,给他看相机屏幕上的他和蔷薇花。他看一眼,笑。复举起手上的棒槌,当当,当当当,这样敲着,慢慢走远了。我和一墙头的蔷薇花,目送着他。我想起南朝柳恽的《咏蔷薇》来:"不摇香已乱,无风花自飞。"诗里的蔷薇花,我自轻盈我自香,随性自然,不奢望,不强求。人生最好的状态,也当如此吧。

五月花事

一

五月，我的城，是蔷薇的天下。

谁知那些蔷薇是怎么冒出来的？我也只不过才离家三四天，再回来，一个城，就都被蔷薇花占领了。河两岸，都是。小区的栅栏上，爬满了。人家的屋檐下，也趴着那么一大丛。花以粉红居多，间或有一两丛白。每一朵都是娇滴滴的。又都喷着香，也是娇滴滴的香。香得相当的小儿女，怎么闻也不会嫌腻。

"尽道春光已归去，清香犹有野蔷薇。"——春去了有什么要紧？还有蔷薇开着呢。

我在家是铁定坐不住的，每到傍晚，定会梳洗一番，出门，我要看蔷薇去。

远远望见了，它们都好好开着呢。一丛，一丛，再一丛。背景是绿。深深浅浅的绿，柔情蜜意的绿，波光潋滟的绿，配了粉粉的花朵。是郎情妾意，每一寸时光，都堪称良辰了。

我总是迫不及待奔过去，心里的欢喜，泛着小泡泡。虽说昨天才见过，可在我，每一次相见，都如初见，都有着巨大的惊喜。

这个五月，我注定要为蔷薇花消去许多时光。这些时光，都是香的。

我愿意。

二

一年蓬从不曾被当作花待过吧？

我小时，在乡下，提了篮子，一捧一捧割了，给猪吃，给羊吃。

可是，它的花，实在美。素淡的白，或是微微泛着浅紫的粉。花瓣儿细如丝线，裁剪成长短相当的，密密地扎成了一圈儿，中间顶着个饱实的黄花蕊，是实实在在的一颗心。一枝上会缀着三五朵，或七八朵不等，参差着，秀气着，似耍杂技的小女儿。

路边的草丛中，随处可见到它的影。一棵，或几棵，就那么独开独舞。素面朝天，自然天成。

我每每遇见，都要在心里面惊叹，真是美啊。

然后，某天，我就遇见了一大片的。对。一大片的。像谁特意栽种的。

谁呢？

是鸟吗？是风吗？鸟在不远处的几棵海棠树间啁啾。风吹着天上的云在跑。

它们,开成了沸沸的海洋,那么多。那么多的小女儿,在载歌载舞。

我望见了乡下的原野。我望见了山涧的小溪。我望见了清澈、纯净和静美。

我不能够走开。不能够。

我跳进花海里。

原谅我,我采了一束。不远几十里把它带回来,插在一只玻璃瓶里。什么时候望过去,它都能瞬间让我的心融化。我的嘴角边,不自觉地,浮上一抹笑来。

我跟那人说傻话,我说:假如,我也化成这花中的一朵,你会认得我吗?

他答:会的。

我穷追不舍:你凭什么认得呢?

他答:凭感觉。你是不一样的一朵。

我很满意他这么答。

那么,那些小粉蝶,也都是凭感觉,寻到属于它们的那一朵的么?

我看到一只小粉蝶,向一朵花俯下小小的身子去。

我的心,就那么感动起来。

三

虞美人扛着美人的名头,似乎极高贵。

其实才不,人家很草根的。

去年丢下几颗种子,今年就能窜出一大片。也无须特别管理,它就那么开呀开呀,开出一捧一捧的花。红的白的,薄绸子似的。有单瓣的,有复瓣的。讲究点儿的,还自己给自己绣了彩边儿。

直接摘一朵,都可以当小女孩的喇叭裙来穿。

虞美人个个都是时装高手呢。

四

芍药开得生猛。

我不知道这么形容芍药它会不会不高兴。

它看上去,真的很生猛。

人家的门前,一边一丛。玫粉色。碗口那么大的花。

花不惊人誓不休。

我们的车,从它们跟前掠过去。

惊起了一地的颜色。我回过头去,心瞬间被一朵一朵玫粉淹没。

再难忘。

五

那人说,月季花该叫"贵妃花"。

也是。

怎么开出那么大的花来?吓人一跳。

又颜色拼着命地往艳里面艳去。每一朵,都是涂脂抹粉的富贵相。

我看它,像看一个可爱的傻姑娘。傻姑娘心无蒂芥,无忧无虑,整天蹦着跳着瞎开心,反倒活得心宽体胖,丰腴富足。

这样,多好。

人一辈子追求的,莫若率真而活。

一身诗意一年蓬

　　一年蓬在草地上零零星星地开了，原本平淡无奇的草地，便开始诗意起来。这个时候，该配上布衣布裙的女子，提着篮子在草地上缓缓行的。

　　还该配上小调，七弦琴弹着，咿咿呀呀唱着。一年蓬是要配着小调开的。

　　这小调最好是一曲零露溥溥的《诗经》，或是一阕情深义重的唐诗，或是一支清丽温婉的宋词。

　　然《诗经》年代它不在这里。唐诗年代它不在这里。宋词年代它也不在这里。

　　那些年代，所有飞蓬家族的成员，还都生活在北美洲，一年蓬当然也不例外。一直到清朝末年，它才远涉重洋而来。它竟很快适应了这异乡的日子，很快地兴旺发达起来，不过百十年的时间，它已完全与这片土地融合在一起。倘你不追溯它的过往，是一点儿也不晓得它是外来的。就像我，长期以来，一直以为它是土生土长的呢。这也怨不得我,因为打我有记忆起,它就在这片土地上繁荣昌盛着。荒野中,森林里,沟旁塘边,处处都能遇到它。吾乡人跟唤马兰一样的,也唤它"野菊花"。

我很喜欢它,素淡静美的样子。特别是一丛丛长在一起,总让我无可抑制地联想到《诗经》年代的画面:蔓草萋萋,战乱不止,恩爱的夫妻被迫分离,他执戟执殳去往前线,她在家里思念成灾。小小的白花蓝花开满荒野,她无心欣赏,"自伯之东,首如飞蓬。岂无膏沐,谁适为容"。哎,他不在家,她连头发都懒得打理了的,任由它们乱成一窝乱糟糟的"蓬草"。真希望她的人能早点回家,采一捧一年蓬一样的野花带给她,替她重新梳妆,使她重展欢颜。

它是最容易邂逅到的一种野花。野外山川河谷处,都可见到它的身影。家境不好,甚至算得上是清贫的,可却有一双巧手,把自己拾掇得清新明媚,虽是布衣荆钗,却掩不住通身的玲珑剔透之美。

它的花是丝状的,一丝一丝,素白的。也有淡蓝色的;花蕊是小颗粒状的,一粒一粒,缀在一起,淡黄色,底子上衬着一点浅绿。整张小脸蛋干干净净,素素淡淡的,别致清雅。植物学家们说,那花朵看上去是一朵,实际上是由无数朵组成的,丝丝花瓣和粒粒花蕊都是些小花朵。哎,我们还是不要这么复杂吧,我们看到的一朵,就是饱满欢实的一朵。直立的茎上,修长的叶子飘逸着,托出三五朵或是八九朵不等,也有多达一二十朵的,眉目楚楚着。很朴素的小家碧玉,叫人看着就心生欢愉。

近些年,小城的绿化带中,也有了专属于一年蓬的领地了,那是特地拨给它住的。它也不客气，既来之，则安之，勤勤恳恳地打理着它的新家，安安稳稳地过着它的小日子。二、三月出小苗，嫩绿的一片片，稚稚的可爱。四、五月开花，不疾不徐。花一直开一直开，能开到八、九月。无数朵素白的小花，缓缓舒展，迎风摇曳出无限的诗情画意。你路过，会不自觉地停下来看一看。这时候，身边的喧闹遁去了，你如同置身于旷野之中，眼前只剩无尽的柔美和宁静。

春在溪头荠菜花

我妈在屋门前摊了一地的绿蔬在晒。可能是晒得变了形了,又因我眼神不太好,真没看清是啥。我爸说,荠菜啊。你妈种得太多了,有些来不及挑去卖就老了,开了花了,你妈就晒了留给家里的羊吃。你不晓得,羊特别喜欢吃它。

我"扑哧"乐了,我说羊当然喜欢吃它。人都爱吃,羊怎么会不喜欢?

我替羊感到幸福,它们现在这小日子过的,都吃荠菜当饱了!我小时能吃上一回荠菜,是要欢呼雀跃的呢。那会儿,荠菜是绝对的野菜,从来都是野生野长的。沟旁的草窝里,它在。河畔的茅草丛中,它在。胡桑地里,它在。麦田里,它趴在地上,和麦子靠在一起取暖,得眼尖的孩子才会发现它。早春二月,别的草们还在做着冬梦呢,荠菜已萋萋。我们提着篮子到地里去寻它,那真是初春的一大景致呀,我们穿着红棉袄蓝棉裤子,好像花儿开在地里面。每回寻到一篮半篮荠菜,心里会乐得直冒泡泡。回家去，就有荠菜丸子吃了，就有荠菜烧豆腐尝了，就有荠菜羹喝了。讲究一些的人家，还会用它做馅包春卷，春天的好滋味，都在那一卷之中了。

荠菜一旦开花，立马失去它的价值，也没谁再为遇见它而心神激荡了。麦地里发现开了花的荠菜，是要当作野草清除掉的。沟旁的，河边的，碍不着庄稼的那一些，也就任它们在那里开着花。那些细碎的小花儿，很像白白的米粉撒落。单棵看去，并不显目，但若群居在一起，就很有些规模了。其时，菜花正燃烧着，麦苗正拔节着，它在菜花的鹅黄和麦苗的青绿反衬下，白如霜雪。

早在《诗经》年代，人们就知荠菜好吃，"谁谓荼苦，其甘如荠"，他们如是说。人生好滋味，"甘"是排在第一位的。他们用"甘"字来说荠菜，可见得是把荠菜当无上美味的。后来的人们，延续着这种喜欢，甚至渐渐流传出"三月三，荠菜当灵丹"之说，把美食的价值，提升到药用价值上去了。食疗是一种最为甜蜜幸福的疗养方法，又食得美味，同时又能把身子调理好了，谁不愿意呢？史上不乏有为荠菜狂的文人佳话传下来，譬如苏东坡，春天的阡陌上一出现荠菜的影子，他就返老还童了，"时绕麦田求野荠"。譬如陆游，"日日思归饱蕨薇，春来荠美忽忘归"，荠菜之美味，让他在春天里掉了魂了。

我颇羡慕那时候人的情怀，那是真的精细与浪漫。那时有节日叫"上巳日"，也就是三月三。这天，男男女女老老少少，都要出门踏青赏春，青年男女常借此互掷野花示爱，荠菜花成了其中使用频率最高的花。发展到宋朝时，男男女女头上皆时兴戴荠菜花了,"三春戴荠花,桃李羞繁华",这怕是荠菜自己都没想到的事,它怎么就把桃李给比下去了呢?人们还采了荠菜花回家,搁在灯架上,防蚊虫飞蛾。李时珍称荠菜为"护生草",自那以后,荠菜更是受到人们的追捧。只是那么多年,人们为什么一直没有对它进行驯化,把它变成家常的菜蔬呢?这恐怕得用"情怀"二字才能解释,人们情愿护住它的野性,以便在春天,借着寻它的由头,走进大自然里,做一回天真的自己。

  这个春天,我到城外去看油菜花,邂逅到无数的野荠菜,它们站在小河边田埂旁,挺着颀长的身子,摇着雪粉儿似的花,在风中频频点头。这景象多像八九百年前辛弃疾眼中的啊,他走在广漠的野外,溪水边一捧捧荠菜花,盛开如雪,他发出由衷一声叹,"春在溪头荠菜花"。这一句直白的赞叹,胜过千言万语。你也可以换成别的花在溪头,比如油菜花,比如野菊花,可是都没有这荠菜花当主角来得动人。它在溪头,把春天一粒一粒收进囊中,再一粒一粒慢慢释放出来,那份细碎之美,无可替代。

终朝采蓝

一

植物唤蓝,真正迷死人。

怎么就唤蓝呢?

马蓝、木蓝、蓼蓝、菘蓝,哪一个念在嘴里,都能念出一嘴的蓝来。染了春衣,染秋衣吧。染了衫子,再染裙吧。

我总忍不住想上一想,是谁,最先发现,葛可以织布,蓝可以染衣裳?布能遮体,一为避羞,二为避寒。然用蓝来染色,却无关乎羞与寒冷。

只是因为,追求美啊。

在美跟前,人类无师自通。

想起曾看到的一幕。一个流浪在街头的智障女,在垃圾桶里,捡到一枚红色发卡。她高兴得举着发卡,近乎发狂地笑着跳着。然后,她把它,庄重地戴到了她的发上。她指着头开心地对人说，美，美。

美，才是人类最原始最华贵的尊严。

人类祖先，给我们开创了美的先河。女人们在头上戴花，插荆钗。男人们在头上插羽毛，在腰间佩饰物。把贝壳、骨头、石子钻出孔来，穿成手镯和项链，装饰手腕和脖子。但我还是要惊异于，他们怎么就想到要把颜色，染到衣上？怎么就知道蓝草里面能提炼出蓝？

真聪明啊！

《诗经》里有"终朝采蓝"之句，每回念到，我都如初见。喜欢。喜欢到忧伤。想着那个采蓝的女子，蓝衫蓝裙地穿着，去野地里采蓝，为她的夫君织染衣裳。夫君尚在远方，说好五天归的，六天过去了，他竟还没有回。她心不在焉地采呀采呀，思念都染上蓝了。她的夫君若远远打马归来，是否率先看到原野上，他的那一朵蓝？

人类最贴己的颜色，原是蓝。

幸好，还有那样的老作坊在，织染着从前的蓝。

是在湘西的苗寨。那里的人们，还过着自给自足的日子。吃的是自家种的粮食，穿的是自家织染的衣裳。无论大人小孩，都是一身的蓝，靛蓝，或蓝黑。衣襟和衣袖上绣了花。他们一个个走出来，仿佛是从《诗经》里走出来的。

那里的女人们都精通织染和绣花。她们把采来的蓝草，一篮一篮，浸泡在大缸之中。隔天，再加以石灰搅拌。几天之后，撇去上面清水，得半缸蓝胶，就是上等的染料。

看过她们把染好的布料，晾在太阳底下晒，是件赏心悦目事。那一匹匹蓝，在蓝天下飘拂着，有着远古旷野的浩荡、朴素和寂静。

二

友人去印度，带回不少条印度丝巾，颜色缤纷艳丽，如收拢了一堆的云霞。她让我挑一条。我一眼看中一条浅蓝的，很素朴安静。

友人看着我，哧哧笑了，说，真意外，以为你要挑玫粉的呢。

不提不醒。我这才惊觉，不知从什么时候起，我是这么中意于蓝。家里窗帘，挂的是蓝色的。被面床单，是蓝色碎花的。衣橱里，春夏秋冬的衣，蓝色竟占去了一大半。

从前不是这样的。

从前我是喜欢大红大绿的，喜欢光芒、热烈、灿烂、万众瞩目，得失皆忧于心。

人到了一定年纪，真的是要往回收的。不爱喧闹了。不爱灯光闪烁了。情愿往那暗影里去，做个闲观者，落得清静自在。有时闲观者也要不得，情愿退回自己的小屋子，跟小花小草为伴，享受寂静和孤独。

并不感到孤单。是清减下来，纯粹起来。欲求少了，烦心事也就少了，食也香，睡也香。一两个朋友，偶尔来坐坐，不聊世事，不评说谁是谁非，只说说花草，说说书籍、音乐、茶和糕点。养一只叫小欢的小猫。能将就着用的东西，绝不丢弃浪费。可有可无的东西，哪怕再高档名贵，也不会带回家了。要那么多你来我往做什么呢？要占着那么多无用的东西做什么呢？不贪了，回头了，回到小孩子时光，守着一堆沙，也当是珍宝，能兴兴乐上大半天。

清冷的月夜，独自去赏梅。一人，一弯月，一树花，够了。无须再呼朋唤友了，耐得住寒寂，守得住日月了。

午后时分，对着一堆颜料，在纸上细细涂抹。不急，慢慢涂。用浅蓝打底吧，我画案几上插花的瓶子，落满阳光碎瓣儿的书籍，扎头发用的发圈，盘子中吃了一半的水果。真静啊，静得灵魂滴得出水来。在那水里面养鱼吧，长水草吧，长莲和荷吧。

也能饶有兴趣地看一棵风信子生长。从小球球开始，每天对着它说说话，赞赏它生长的勇气。一个月后，我看到它的芽芽终于长出。又一月，我看到它打出了花苞苞。再一月，我看到一捧的粲然，朝向我。它开花了！它成功地开花了！我仿佛第一次见它开花。快乐。是真心的快乐。

也特恋旧物旧情。偶然间翻到一帧昔日的老照片，和抄写用过的笔记本，欣喜万分。回老家，看到落满尘的暖脚炉，是祖母的陪嫁物呢，从前，不知暖过多少回我们的小脚心。宝贝样带回，在里面装炭火，看着那一簇火星子明明灭灭地跳着，幸福得眼泪都快流出来了。真好啊。

食也简单了。只做那家常菜。一道雪菜炖豆腐，天天做着吃，吃不厌。从前的苦日子里，那是最美的佳肴。

穿也简单了。爱上棉布的、宽松的衣，蓝色是主打色。靛蓝的，浅蓝的，灰蓝的，粉蓝的、藏蓝的。我穿着这样的衣回老家，我七十多岁的老妈看我半晌，忽然笑起来，说，梅啊，你穿得真朴素。我很高兴，我在我妈的眼里，终于还原成一株庄稼。

想开了。放下了。删繁就简了。终从那大红大绿中退出来，成为蓝，收敛起所有锋芒，只做那一汪湖水，静静淌。

菊有黄花

一场秋雨，再紧着几场秋风，菊开了。

菊在篱笆外开，这是最大众最经典的一种开法。历来入得诗的菊，都是以这般姿势开着的。一大丛一大丛的，倚着篱笆，是篱笆家养的女儿，娇俏的，又是淡定的。有过日子的逍遥。晋代陶渊明随口吟出那句"采菊东篱下"，几乎成了菊的名片。以至后来的人们，一看到篱笆，就想到菊。唐朝元稹有诗云："秋丛绕舍似陶家，遍绕篱边日渐斜。"秋水黄昏，有菊有篱笆，他触景生情地怀念起陶翁来。陶渊明大概做梦也没想到，他能被人千秋万代地记住，很大程度上，得益于他家篱笆外的那一丛菊。菊不朽，他不朽。

我所熟悉的菊，却不在篱笆外，它在河畔、沟边、田埂旁。它有个算不得名字的名字，野菊花。像过去人家小脚的妻，没名没姓，只跟着丈夫，被人称作吴氏、张氏。天地洞开，广阔无边，野菊花们开得随意又随性。小朵的，清秀，不施粉黛。却色彩缤纷，红的黄的，白的紫的，万众一心齐心合力地盛开着。仿佛一群闹嚷嚷的小丫头，挤着挨着在看稀奇，小脸张开，兴奋着，欣喜着。对世界，是初相见的懵懂和憧憬。

乡人们见多了这样的花，不以为意。他们在秋天的原野上收获，播种，埋下来年的期盼。菊们兀自开放，兀自欢笑，与乡人们各不相扰。蓝天白云，天地绵亘。小孩子们却无法视而不见，他们都有颗菊花般的心，天真烂漫。他们与菊亲密，采了它，到处乱插。

那时，家里土墙上贴一张仕女图，有女子云鬓高耸，上面横七竖八插满菊，衣袂上，亦沾着菊，极美。掐了一捧野菊花回家的姐姐，突发奇想帮我梳头，照着墙上仕女的样子。后来，我顶着满头的菊跑出去，惹得村人们围观。"看，这丫头，这丫头。"他们手指我的头，笑着啧啧叹。

现在想想，那样放纵地挥霍美，也只在那样的年纪，最有资格。

人家的屋檐下，也长菊。盛开时，一丛鹅黄，另一丛还是鹅黄。老人们心细，摘了它们晒，做菊花枕。我家里曾有过一只这样的枕头，父亲枕着。父亲有偏头痛，枕了它能安睡。我在暗地里羡慕过，曾决心自己给自己做一只那样的枕头。然来年菊花开时，却贪玩，忘掉这事。

年少时，总是少有耐性的，于不知不觉中，遗失掉许多好光阴。

周日逛街，秋风已凉，街道上落满梧桐叶，路边却一片绚烂。是菊花，摆在那里卖。泥盆子装着，一只盆子里只开一两朵花，花开得肥肥的，一副丰衣足食的好模样。颜色也多，姹紫嫣红，千娇百媚。却还是喜黄色。《礼记》中有"季秋之月，菊有黄花"的记载，可见得，菊花最地道的颜色，是黄色。

我买了一盆，黄的花瓣，黄的蕊，极尽温暖，会焐暖一个秋天的记忆和寒冷。

菊　事

去冬，我把一盆开过花的菊，随手丢弃在屋旁，连同装它的瓦盆。

屋旁有巴掌大的空地，没人理它，它便自作主张地在里面长婆婆纳，长狗尾巴草，长车前子，长蒲公英，还长荠菜。我挑过一回荠菜，满像那回事的，把一份野趣挑进篮子里。后来，这一小撮荠菜，被我切碎了，烙进糯米饼里。饼烙得点点金黄，配了糯米的糯白，配了荠菜的嫩绿，不用吃，光看看，就很享受了。咬一口，鲜透牙。很是感动了一回，有泥土的地方，总会生长着我的故乡。

现在，这块地里，多出一大丛的菊来。是被我丢弃的那一盆。谁想到呢，它的花萎了，叶萎了，心竟是活的。它搂着这颗心，落地生根，不声不响地，勤勤勉勉地生长。最终，它不单自己活了下来，还子孙满堂的样子。——去冬不过一小瓦盆的花，今秋已繁衍成一大丛了。它让我想到柳暗花明，想到天无绝人之路，想到苦尽甘来，只要心没有死，总有出头之日的。

风一场，雨一场，秋季翻过，已是冬了，它还没开够，朵朵灿烂。满世界的萧条，唯它，一簇新亮，是李商隐诗里的"融融冶冶黄"，是童年乡下屋檐下的那抹明黄，打老远就看得见。路过的人，有的站着远远瞅。有的看不过瘾，走近了细细瞧。一律的惊叹，好漂亮的花！它倒是沉得住气，面对众人的赞赏，不动声色、不慌不忙地，只管把好颜色往外掏。一瓣金黄，再一瓣，还是金黄。如历尽世事的女子，参透人生无常，倒让自己有了一份坚守，那就是，守住自己，守住心。所以，冷落也好，繁华亦罢，它都能安然相待，不急不躁。

孤寡老人程爹，在小区的小径旁长菊。小径旁的空地，原是狭长的一小块，小区人家装修房子，把一些碎砖碎玻璃倒在里面。路过的人都小心不去碰触，以免被玻璃划伤了。连调皮的小猫，也绕着那块地走。老人清理掉碎砖碎玻璃，在里面长青菜和菊。几棵青菜，几朵菊花。再几棵青菜，几朵菊花。绿配紫，绿配红，绿配白，绿配黄，小块的地，让人看过去，竟有花园般的感觉。

这些天，老人除了吃饭睡觉，几乎都围着他的菊在转。我上班时看见他，下班时还看见他，背着双手，很有成就感地在小径上漫步，来来回回。一旁，他的菊，如同被惯坏的孩子，正满地打着滚，撒泼似的，把些紫的、红的、白的、黄的颜色，泼洒得四处飞溅。哪一朵，都是硕大丰腴的，都上得了美人头。

天冷，菊越发的艳丽，直艳到人的心里去。小区的人，每日里行色匆匆，虽是久住，彼此却毫不关己地陌生着。而今，因了这些菊，一个个舒缓了脚步，脸上僵硬的线条，渐渐柔软起来。话搭话地闲聊几句，说着花真好看之类的。或者不聊，仅仅站着，看一眼菊，相互笑笑，自有一份亲切，入了心头。再遇见，便是老相识了。清寒疏离的日子，因菊，变得脉脉温情。

多识草木

初夏的天，是赏花的最好时节，你看这么多花，开得这么好看，真是不要命的好看。——说这话的不是我，是我的一个同事。男的，教生物的，瘦瘦小小。他领我去认校园里的一些花，合欢、单瓣栀子、吉祥草、绣线菊、金丝桃、矢车菊、醉蝶、美女樱、千瓣葵、金盏菊，每一朵花，都开得神采飞扬、溢彩流香。

看着这些花，就叫人舒服，我的同事说。他俯身到一丛绣线菊跟前，神情迷醉，像个拥有无数宝藏的王。

我看着他笑，笑出声来。我看出他的柔软。一个男人亲近花草的样子，真的有说不出的柔软，叫人心动。

忽然的，我在"柔软"这个词上怔住。这世上，倘若没有柔软，将是多么荒凉可怕。高山再高，大海再宽，失了柔软，又哪里有美好可言？岩石之中，有小花在开；老屋之上，爬满茸茸的绿的青苔；斜风细雨中，有柳枝轻摆；参天的大树上，有小鸟啁啾呢喃;蓝天上,有棉絮般的白云在飘;村庄上空,有炊烟袅袅……正是这些柔软的存在,这个世界才有着美妙无穷。

一切小的事物,都是柔软的。小鸡是柔软的。小猫是柔软的。小狗是柔软的。小老虎是柔软的。小孩子是柔软的。

一切善的事物,也是柔软的。比如说,好人。他从不戴盔甲。他宽容、温和,让人亲近。

最初的心,也是柔软的。我们走过一段路,却总想回到从前去。其实,不过是想回到初心。那个时候天很蓝,云很白,你很懵懂,我很稚嫩。是三月枝头鹅黄的芽。

花草为什么惹人爱怜?我以为,也多在于它们的柔软。你看见过哪一棵草哪一朵花横眉冷目冷若冰霜吗?没有的。你再坏的情绪,到了花草们跟前,也会慢慢稀释——百炼钢化为绕指柔。

认识一个女人,人长得威猛,脾气也很威猛,人都敬而远之。就是这么一个人,一日我走近她,却看到她的另一面,她爱花草,爱到成痴。她跟我说起她养花的种种趣事,她曾不远几百里,跑去城里,只为买几十块钱的花。也曾追着一个花贩跑,只想要他手里最后一盆花。人家不卖,说是有主了。可是我喜欢啊,不行,非得卖我不行,最后,当然是卖我了,她说。很得意。她所在的小镇,路边的绿化带里,又新移进不少花的品种,她从旁边经过,看到那些红的花朵黄的花朵,朵朵都像招人的小情人,她的心,一刻也按捺不住了。好不容易熬到夜半无人,她蒙了头巾(怕被人认出),就跑去打劫那些花草了。——听她讲这样的"历险"故事,我笑了。世界,怕是也能原谅她这样一个

"盗贼"的吧。我看她的屋门前，一缸一缸的花，开得澎湃起伏。她粗糙的脸，在那些花儿的映衬下，现出柔软的线条，竟有着几分说不出的可爱。

多识草木，慢慢的，你的灵魂，亦是柔软的、香的。

花开在野

我很喜欢到野外去,走着走着,就与花草们相遇了。

我很喜欢那种相遇的感觉,我看着它们,它们也看着我,如同初初相见,满满都是激动的喜悦。

花草们的相处模式,真叫我羡慕。泽漆可以跑到毛茛家里做客。宝盖草会跟蒲公英挤在一张床上。桔梗和野牵牛勾肩搭背,亲密无间。野豌豆罩着阿拉伯婆婆纳——它那么纤细,竟也有着侠义心肠。桃花在桃树枝上开着,油菜花在桃树底下开着,茅草在河岸边扎根,旋覆花跑过来撒欢。

花草们的世界里,没有谁比谁更高贵,也没有谁比谁更卑微。生而平等——人类为此奋斗了几千年,至今还在奋斗着,花草们却轻易就做到了。

我很容易就被一朵花俘虏。比如,一朵紫花地丁。比如,一朵蒲儿根。比如,一朵茑萝或芍药。它们怎么会那么美,美得像一朵被霞光映照着的云。美得像太阳,像月亮,像星星,像一串蹦跳的音符。

　　我从不敢轻视任何一朵花，它们各有各的本事。"泉瀑涓涓净，山花霭霭飞"，花也是有翅膀的哎，否则，怎么会跑到那深山幽谷里去？怎么会飞上悬崖峭壁？在峭壁的石缝里，它也能活得怡然自得，一派天真。

　　一块建筑物的废墟上，冒出了无数的野芫荽，淡紫色的小花，盘在一起，盘成一只只精致的花碟子，装得下清风，装得下春雨，装得下日月星辰，装得下任何目光的审视。我端详着那些花，惊叹着生命的神奇和美妙。此生所遇到的人和事，并不比一朵花教会我的更多。一朵花，它隐藏在大地腹部，隐藏在某颗种子里，经历了怎样的黑暗和等待，才拥有这样的颜色、气味和姿态？一朵花的盛开，就像一个传说。

　　有时，一想到我竟与一朵花相处了一整个下午，它慷慨招待我以好颜色好味道，我就万分感激。我会想到一些美好的事情，云朵安详，清风温柔，从前人的笑脸，似乎到了眼前。我重新捡拾起生命里的天真、喜悦和粲然，人间值得。

沾得人间一捧色

水 仙

买水仙,我不喜欢买培育好了的,而喜欢买下它的种球。这个时候,根本看不出它天赋异禀什么的,它就是一寻常的球根,扔到一堆石蒜里面,绝对找不着。故有花贩拿石蒜来冒充它,我上过一次当。

把买来的水仙种球扔在水里吧,再给它一点光,它就着手盘算起未来的事,所列计划有条不紊:什么时候出芽,什么时候抽茎,什么时候长叶,什么时候打花苞,什么时候开花……它都安排得好好的,用不着你操一点点心。你要做的,就是不时跑过去欣赏欣赏。

它的生长,像极了胎儿成功地着陆于母亲的子宫中。一天天,你眼见着它的头长成,腿长成,手长成……终于,成完整人形。这是生命的趣处,从无到有,每一步都是神奇。

我欣赏着这个神奇,对我自己这条完整的生命,格外敬重起来。对我以外的生命,格外敬重起来。每一个生命的出现,都要历经这样的艰难跋涉,不容易。

它冒出小小的芽来。

它抽长出绿绿的茎和叶子来。

它亭亭起来,有了一棵植物的样子。

它开始有了小心思了,并且把小心思偷偷地藏起来,藏在一个小小的翡翠色的嫩苞苞里。

我像极一个眼看着自己的小女儿长大成人的老母亲,密切关注着它的一举一动,欣喜着,激动着,骄傲着。

终于,我的水仙恋爱了,它拼命积攒着它的热情,一刻不停地酿造着它的甜它的香。它要为爱奋不顾身。它要为爱勇往直前。

一个深夜,它把它的全部拥有都奉献出来,包括一颗爱的心——我的水仙花,盛开了。银台金盏,翠袖飘摇,空气喷香。

世界,因为一朵水仙花的盛开而有些不一样了。

结　香

晚上散步,我对那人说,多拐些路,我们去看结香吧。

二月里,春寒料峭,幸得有结香开。它在,湿冷的空气,才一寸一寸暖和起来。

你不用担心它不在家。不用担心会被它拒绝。不用担心不被它热情接待。它守在小城的通榆河畔,随时随地都在等着客人上门。不论你是贫贱的,还是富贵的。不论你是得意的,还是失意的,你若愿意叩响它的门扉，它必捧着大捧的浓香，跑着碎步来迎你。

它让你如贵宾，得到尊重和礼遇。

那人沉迷于它的香，露出他天真的孩子气的一面，他把头深深埋进一丛花里面，像一只贪婪的蜂。他很快抬起头，响亮地打了个喷嚏，说，啊呀，不能深吸，这香味太像烈酒了，受不了了。

我大笑。很喜欢这个时候的他。

我只能淡淡地浅嗅一下——结香花的味道，委实太浓烈了。它的手感也好，摸上去又细腻又柔软，太像质地精良的绒布了。

花的模样也可圈可点，远观，一团一团的金黄，如在金水里打过滚，耀眼夺目。近瞅，吓一跳，一朵大花上，竟缀着无数朵小花，跟些小酒盅似的。我去数，一朵上，竟数出六十三个"小酒盅"。这么多的"小酒盅"里，都盛着香，如何不醉人？

我挺高兴有人为它驻足的。我静等着人好奇地发问，这是什么花？我便忙忙答，这是结香呀，"打结"的"结"，"香味"的"香"。这么说了还意犹未尽，我又进一步解释，它的枝条很柔软，可打结许愿的。你看，我边说边示范，拉过它的一根枝条来，松松垮垮挽上一个结，瞧，就是这样的。我很愿意替它这么宣传着。

人听得又惊又喜，他们看结香的眼光如同恋爱。这偶遇的快乐，将成为他们平淡生活里，跳动的浪花吧。

六棵桃树

嫁接好的桃树，一棵，一棵，又一棵，站在屋旁的一块菜地里，像待售的幼崽。苗木的主人——一个中年男人信誓旦旦地说，我嫁接的果树，没有一棵不结果子的，全都是又大又甜的果子。

我信他，因为他眉宇间的憨厚和朴素。他种地为生，闲时培育一些果树卖，为人口碑不错，在附近几个村子里很有名。我回我妈家，看到屋后有块极大的空地，动了要栽上几棵桃树的心思。邻人知道，热心指点我，你到某村找谁谁谁，他家有嫁接好了的桃树，好得很。

他卖的桃树苗也不贵，一棵十块钱，随便我挑。

我高高兴兴地挑了六棵，在我妈的屋后栽上。那儿傍河，河边还有柳树，还有燕子和小麻雀，不远处的油菜花也已经开始开了。我的思绪里荡过一片绯红，六棵桃树灼灼其华的样子，仿佛就在眼前了。

我给它们分别起了名字，按个子大小，叫"一桃""二桃""三桃"……？一直叫到"六桃"。我跟我妈说，妈，瞧你多了六个女儿了，你得帮我好好照顾好它们。

这几年，我爸近乎瘫痪，我妈一个人门里门外照应着，着实辛苦，她少有开颜的时候。听了我的话，她脸上终于露出了笑容，绯红的，恰如桃花映在脸上。她看着六棵桃树，目光温柔，闪着希冀的光，她说，明年你们回家来，家里的桃子，肯定多得吃不掉了。

月下的油菜花

四月的一个夜晚，我投宿扬州江都。同行者有我家那人、诗人吴，以及他的夫人。

等我们在酒店放下行李收拾妥当，已是晚上八九点了。我见天上的月亮好得很，圆圆的一轮，明晃晃的，晃得人心旌摇荡，遂提议，看会儿月亮去？得到一致同意。

几个人出了酒店，才走不远，意外发现酒店旁边，竟是一块油菜花地。众人皆大喜过望，直扑过去。

花开正当时，一片浩荡的黄。天上的月亮，也被染成了一个黄月亮了。我们钻进油菜花丛中，油菜花的气息，满满地淹没了我们，感觉胸腔里，仿佛流淌着一条金色的河流，金色的鳞片熠熠闪耀，映得我们血管里的血，也成金色的闪亮的。每个人的身上，也都披上一件月光和菜花织染的袍子，朦朦胧胧，神奇得不像话。

我们一时都没有什么话要说，只静静站着。一片片油菜花，像是一匹匹黄色烈马，四蹄扬起，黄沙漫漫。我们的耳边，响着马蹄声声。夜却是格外的静了，世界沦陷在一片温柔的热烈里。

诗人是不能看到这种景象的。我扭头看向诗人吴，他正伸手抹眼睛。唉，太美了，叫人吃不消了，他叹息。

千朵万朵的油菜花似乎跟着叹息，唉。太美了。

一个世界，也跟着这样叹息。我们沦陷在巨大的美的忧伤中。

后来我每每想起那晚月下的油菜花，总要惊心动魄一回，为那样的美。继而，对这个人世间，又无比留恋起来。

薄　荷

初夏，我入手了几盆食用薄荷。

水养的。盆上有两根棉线系下，到盆里汲水。薄荷的根系跟着慢慢探入水中，一日一日，竟盘成鸟巢一样的一团，安居在水中。上面薄荷的茎叶翠绿清明，如果由着它长，它会出乎你意料地，长出妖娆之姿——茎有藤蔓之质，率性而为，曲曲弯弯，而翠绿的叶子上，自带皱纹线理。清风徐来，翩翩起舞，煞是可爱。

它的味道也实在是好，形容不出的好。我把它搁在窗口，一阵风来，满满薄荷的清凉，弥漫满了整个屋子。我称这风为"薄荷风"。

吹着薄荷风，实在忍不住馋，就掐下冒尖的几枚叶子，扔在正喝着的白开水里，一杯普普通通的白开水，立马有了雅致的成分，又养眼又养心。喝到嘴里，更是养舌养喉。

冰粉里也丢下几枚，冰粉的滋味就变得更可口了。用小勺挖一勺冰粉入口，若有似无的薄荷清凉，满嘴乱窜，你会油然生起一股爱的情绪，哦，太爱太爱这个夏天了！

薄荷不怕采摘，你越采摘，它长得越旺盛。掐去头的薄荷，很快又会冒出新的茎叶来。它不断地冒，你不断地掐，一整个夏天，你都有薄荷可吃。

吊兰和兰花

一张银色的"吊床"，搭在我的吊兰和兰花之间。制作出这张"吊床"的主人——蜘蛛，已不知所终。它是位蜘蛛小姐，还是会蜘蛛先生呢？不知。它在我完全不知情的情况下，送我这份大礼，让我意外且惊喜。

我的吊兰生长旺盛。我的兰花生长得也旺盛。它们本是互不相干，各长各的叶，各开各的花。蜘蛛见了，私下里觉得可惜，两个美好的事物，不应该这么冷漠呀。于是，它跑来，热心地给它们牵线搭桥，一张银色的"吊床"，成功地把吊兰和兰花的家连接起来了。

　　阳光从窗户外飘进来，在蜘蛛网上铺上薄软的一层。蜘蛛网看上去更像一张漂亮的吊床了。兰花在上面躺躺。吊兰在上面躺躺。它们有时候会并排躺着说说悄悄话的吧？这是个秘密，蜘蛛是知道的。它开开心心地，又跑到别处去，充当"红娘"或"和平大使"了。万物理应相亲相爱，这才是世界本来的样子。

有美一朵，向晚生香

朋友说，她家小院里的桃花开了。她是当作喜讯告诉我的。"来看看？"她相邀。

自然去。每年的春天，我都是要追着桃花看的。春天的主角，离不了它。所谓桃红柳绿，桃花是放在第一位的。

桃花勾人魂。它总是一朵一朵，静悄悄地，慢条斯理地开，内敛，含蓄。虽不曾浓墨重彩地吸人眼球，却偏叫人难忘。是小家碧玉，真正的优雅与风情，在骨子里。

看桃花，总不由自主地想起一首写桃花的诗："去年今日此门中，人面桃花相映红。人面不知何处去，桃花依旧笑春风。"诗人崔护，在春风里，丢了魂。邂逅的背景，真是旖旎：草长莺飞，桃花烂漫，山间小屋，独门独户。桃花只一树吧？够了。一树的桃花，嫩红水粉，映衬着小屋。天地纯洁。诗人偶路过，先是被一树桃花牵住了脚步，而后被桃花下的人，牵住了心。

姑娘正当年呢。山野人家，素面朝天，却自有水粉的容颜、水粉的心。她从花树下走过，一步一款款。他看得眼睛发直，疑是仙子下凡来。四目相对的刹那，心中突然波澜汹涌，是郎情妾意了。三月的桃花开在眼里，三月的人，刻在心上。从此，再难相忘。翌年之后，他回头来寻，却不见当日那人，只有一树桃花，在春风里，兀自喜笑颜开。

这才真叫人惆怅。现实最让人无法消受的，莫过于如此的物是人非。

年轻时，总有几场这样的相遇吧。那年，离大学校园十来里路的地方，有桃园。春天一到，仿若云霞落下来。一宿舍的女生相约着去看桃花，车未停稳，人已扑向花海，倚着一树一树的桃花，笑得千娇百媚。猛抬头，却看到一人，远远站着，盯着我看。年轻的额头上，落满花瓣的影子。我的血管突然发紧，心跳如鼓，假装追另一树桃花看，笑着跳开去。转角处，却又相遇。他到底拦住了我问："你是哪个学校哪个班的？"我低眉笑回："不知道。"三月的桃花迷了眼。

以为会有后续的。回学校后，天天黄昏，跑去校门口的收发室，盼着有那人的信来，思绪千转万回。等到桃花落尽，那人也没有来。来年再去看桃花，陡然生出难过的感觉。

还是那样的年纪，去亲戚家度假。傍晚时分，在一条河边徜徉。河边多树、多草、多野花，夕照的金粉，洒了一地。隔河，也有一青年，在那里徜徉。手上有时握一本书，有时持一钓竿，却没看见他垂钓。

一日，隔了岸，他冲我招手，"嗨。"我也冲他招手，"嗨。"仅仅这样。

后来,我回了老家。再去亲戚家,河还在,多树,多草,多野花,夕照的金粉,洒了一地。却不见了那个青年。

还是感谢那些相遇,在我生命的底色上,抹上一朵粉红,于向晚的风里,微微生香。青春回头,不觉空。

真想,在桃花底下,再邂逅一个人,再恋爱一回。朋友说:"你这样想,说明你已经老了。"

"是吗?"笑。岁月原是经不起想的,想着想着,也真的老了。年轻时的事,变成花间一壶酒,温一温唇,湿一湿心,这人生,也就过来了。

秋天的黄昏

城里是没有黄昏的。街道的灯，早早亮起来，生生把黄昏给吞了。

乡下的黄昏，却是辽阔的、博大的。它在旷野上坐着；它在人家的房屋顶上坐着；它在鸟的翅膀上坐着；它在人的肩上坐着；它在树上、花上、草上坐着，直到夜来叩门。而一年四季中，又数秋天的黄昏，最为安详与丰满。

选一处河堤，坐下吧。河堤上，是大片欲黄未黄的草。它们是有眼睛的，它们的眼睛，是麦秸色的，散发出可亲的光。它们淹在一片夕照的金粉里，相依相偎，相互安抚。这是草的暮年，慈祥得如老人一样。你把手伸过去，它们摩挲着你的掌心，一下，一下，轻轻地。像多年前，亲爱的老祖母。你疲惫奔波的心，突然止息。

从河堤往下看，能看到大片的田野。这个时候，庄稼收割了，繁华落尽，田野陷入令人不可思议的沉寂中。你很想知道田野在想什么，得到与失去，热闹与寥落，这巨大的落差，该如何均衡？田野不说话，它安静在它的安静里。岁月枯荣，此消彼长，焉有得？焉有失？不远处，种子们正整装待发，新的一轮蓬勃，将在土地上重新衍生。

还有晚开的棉花呢。星星点点的白，点缀在褐色的棉枝上，这是秋天最后的花朵。捡拾棉花的手，不用那么急了。女人抬头看看天，低头看看花，这会儿，她终于可以做到从容不迫，稻谷都进了仓，农活不那么紧了。她细细捡拾棉花，一朵一朵的白，落入她手里。黄昏下，她的剪影，就像一幅画。

你的眼睛，久久落在那些白上面，你想起童年，想起棉袄、棉鞋和棉被。大朵大朵的白，摊在屋门前的箥席上晒。你在里面打滚儿，你是驾着白云朵的鸟。玩着玩着，会睡着了，睡出一身汗来。——棉花太暖和了啊。

最开心的事是，冬夜的灯下，母亲把积下的棉花搬出来，在灯下捻去里面的籽儿。你也跟在后面捻，知道有新棉鞋新棉袄可穿，心先温暖起来。那时，你的世界就那么大，那时，一个世界的幸福，都可以被棉花填得满满的。

人生因简单因单纯，更容易得到快乐。你有些惆怅，因为，现在的你，离简单离单纯，越来越远了。

竟然还见到老黄牛。不多见了啊。人和牛，都老了。他们在河堤上，慢慢走。身上披着黄昏的影子。人的嘴里哼着"呦喝""呦喝"。——歌声单调，却闪闪发光。牛低着头，不知是在倾听，还是在沉思。你想，到底牛是人的伙伴，还是人是牛的伙伴？——相依为命，应该是尘世间最不可或缺的一种情感吧。

鸟叫声在村庄那边，密密稠稠，是归巢前互道晚安呢。村庄在田野尽头，一排排，被黄昏镀上一层绚丽的橙色，像披了锦。炊烟升起来了，你家的，我家的，在空中热烈相拥，久久缠绵。还是村庄好，总是你中有我，我中有你。不设防。

突然听得有母亲的声音在叫："小雨，快回家吃晚饭啦——"你忍不住笑，原来不管哪个年代，都有贪玩的孩子。

周遭的色彩，渐渐变浓变深。身下的土地，渐渐凉了，你也该走了。再贪恋地望一眼这秋天的夕阳，它一圈一圈小下去、小下去，像一只红透的西红柿，可以摘下来，炒了吃。

冬日小帖

冬　阳

冬天的太阳，是佛教里的弥勒佛。

云层也薄。云朵轻得好像没有一钱重。天空是用吸尘器吸过了吧，干净得没有一丝尘屑。也没有风，也没有别的什么阻挡，阳光不摇，不晃，就那么直逼逼地，一桶一桶地倒下来。厚棱棱的，似乎可以当牛奶舀着喝。

在这样的阳光下，人容易恍惚。几十年的光阴，被这一桶一桶的阳光，腌制成了蜜饯。即便当年困苦艰难，然终究是过来了。过来了，是蚌育珍珠，所有的经历，是为了这一朝重见天日，便都值得感恩了。回忆是酒，容易醉人。

那时的冬天，都有这样的暖阳。地搁着。种子们在睡觉。农人们得闲了，三五成群的，傀着谁家的草垛子，孵太阳。女人们纳鞋底，男人们抽水烟，孩子们钻草垛子。阳光乱飞，像棉絮儿，白花花的。人在说话，也听不清说什么，只觉得有阳光，在人的牙齿上开了花。笑声一浪一浪的。笑声里，有阳光扑簌簌往下掉。

就这么孵着太阳，大人小孩，都孵得浑身冒油了，也就到饭时了。饭时，家家喝稀饭，上面堆一小撮咸菜。脚都不由自主往外走，碗都捧到草垛子跟前来了。还是那样的一群人，有时还会额外增加一两个，大家热乎乎挤在一起，就着阳光下饭。

阳光是可以当下饭菜的。太醇厚了，油汪汪的。

我在冬天醇厚的阳光下，回忆起这些的时候，觉得那段光阴，真如神赐般的。我的村庄，已不复有草垛子和那些人了。

我不敢浪费眼下的好阳光，我晒花晒被子，也兼着晒我。

阳光下的蟹爪兰和风信子，开得不要不要的，整个花盆都被花朵包围了。

我想到心花怒放这个词。花才最有资格心花怒放呢。

当然，有冬阳暖着的人也是。

蜡　梅

去看蜡梅。

公园里有。城郊也有蜡梅园。

都是成片成片植着的。

连续的大晴天。阳光如琼浆，只管成桶地往下倒。蜡梅们也都开得差不多了。一树一树，枝枝丫丫，分不清了。花乱开。

我却还是喜欢独个儿的。不要多，只一树好了。开在人家的小院子里，开在人家的窗前。或就开在某个偏僻幽径处。

有些花，不宜太多。太多就乱了，失了性子。如蜡梅，它宜独处，于一角幽幽吐芳。偶尔有雪来造访。也有人来踏雪寻梅。这也才有了寻的乐趣。

好比有些人，不宜喧闹，不宜大红大绿花枝招展。把林黛玉放到怡红院，就很不适宜。她在她的潇湘馆，读她的书，发她的幽思，写她的"罗衾不奈秋风力，残漏声催秋雨急"，这极符合她的性情。很动人，很惹人怜惜。醉卧芍药花下，绝不会是她。那般豪举，只有史湘云做得出。

史湘云是热闹的。如果拿花作比拟，芍药与她最配。独处反倒不宜，她就该大团大团地开，占尽好颜色。

我若有庭院，定会植梅，只植一株。也植芍药，但我会植一丛。

一陌生读者给我发信息，说她下班回家，路过一小区，闻到蜡梅香，淡淡飘散着，甜甜蜜蜜的，心里欢喜，想到你了。

我读之，如情话。

在这样的"情话"面前，我容易沦陷。像冬天被一场雪劫持了，满世界只剩下那颗洁白的心。总有些念想，在你不知道的地方。谁知道会被谁念着呢？这世上，没有人是真正孤单着的。

我又想起一个老太太了。老太太七十开外了吧，穿着也不见特别，是那种常见的花棉袄，就普通一老妇人。我偶遇她，在某小区。那会儿，她正绕着一棵梅树在打转。梅树上，花半开，黄宝石一般的，满枝满枝地缀着。香憋不住，顺着枝条爬，再顺着风溜开去。老太太在那香里面打转，转着转着，趁人不备，攀下一枝来，就往怀里藏。她扭头，见我站不远处看她。她不好意思笑了，说，梅花呢，香。

我含笑点头。我设想着这枝梅，将开在她家的案桌上。她在屋内走，花香会跟着她走。像她家养的一只小黑猫一样，恋着她。

一个心里装着花香的人，多么可爱。她永远不会老。

雪

我生病，一个冬天都躺在床上。

祖母从门外进来，一团寒气也跟着她进来了。祖母手上端着一碗荷包蛋。我生病了，享受优厚待遇，每天下午，可以吃上三只荷包蛋。祖母轻声说，外面飘雪花了。

我撑起头看，雪映着窗户，真是亮。

这个场景，被我记了几十年。我一直想不通，它并没有什么特别的，可我为什么就牢牢记住了？

还有一场记忆，也是关于雪的。

也是生着病。病来得急，村里的赤脚医生治不了，让去老街看。外面的雪花大如鹅毛，陆路不通，母亲就用船载着我，走水路，一篙子一篙子撑着去老街。我从昏迷中醒过来，看见雪花，白蝴蝶一样的，乱纷纷地飞着。母亲的肩头，歇着无数的白蝴蝶。河两岸，皆白，白茫茫的。我不以为是去看病，只感到，我们是往那琼楼玉宇去。

母亲后来每每跟我说，我小时磨难重，几次大病，都差点要了我的命。但我命大，都挺过来了。我倒不记得受病痛折磨之苦，只记得，满世界的雪，都开花了。是雪，留住了我。

我喜欢雪，那是不必说的。谁不喜欢雪呢？没有雪的冬天，是囫囵着的冬天，是不算数的。人间的期盼和惊喜里，雪是独占着一份的。当它从天庭飘飘洒洒而来，每个人的心里，都会燃起一首情诗，那是献给雪的。雪是大众情人。

"画堂晨起，来报雪花飞坠"，——词人一开首就这么写，我喜欢。不用任何的词语装饰形容，只报声雪花来也，就在人的跟前摊开了一幅美不胜收的雪景图。

"开门枝鸟散，一絮堕纷纷"，——不知那开门之人，陡见雪花如絮飞坠，天地一片雪白，该何等意外惊喜！

"落尽琼花天不惜，封他梅蕊玉无香"，——诗人端坐一隅赏雪，心里既欢喜又惆怅，真害怕那天庭之花都落尽了。天不惜，他惜。

最得风流的，还要数明末清初的文学家张岱，每次读他的《湖心亭看雪》，我都羡艳向往得不得了：

> 崇祯五年十二月，余住西湖。大雪三日，湖中人鸟声俱绝。是日更定矣，余拿一小舟，拥毳衣炉火，独往湖心亭看雪。雾凇沉砀，天与云、与山、与水，上下一白。湖上影子，惟长堤一痕，湖心亭一点，与余舟一芥，舟中人两三粒而已……

用这样的情怀来待雪，这才不算辜负。但到底我们还是俗了，做不出张先生这等风雅之举，是为憾事。

这个冬天，雪来了，从早晨起，就开始飘，至黄昏，所有的树木房屋，都给描上了白。孩子们见到雪，乐疯了，雪地里疯跑。又堆了一个大雪人，端端正正坐在一棵蜡梅树下。晚上，我在室内烹茶插梅来应景。我不时听着门外，总疑心有雪人会来敲门，问我讨一杯热茶喝。

冰　凌

气温陡降，连最温暖的南方，也逼近零度了。

那人从外面归，说是青菜卖到五块钱一斤了。

我跟那卖菜的说，就算卖十块钱一斤，也是值得的。雪还没融，地里冻着，挖不上来，卖菜的不容易啊，冷死了！他说。

听不到一只鸟叫。连整天盘旋在楼下树上的喜鹊们，也不见了影踪。外头的晾衣竿上，消融的雪水，结成小冰凌，在阳光下莹莹闪光。

新闻里说，这是几十年不遇的寒潮了。

几十年？人生的光景里，又能有几个几十年呢！走着走着，许多的人和事，也便渐渐淡了。某天，它们却以另一种形式，突然出现，让你疏离的心里，泛起涟漪来。这世上，哪有什么真正的彻底消失？也许，一个转身，就又相遇了。

比如，这样的寒潮，一下子让我遇见了小时候的冬。

那时候，天也是这般冷着的，冷得嘎嘣嘎嘣的。洗过脸的水，泼到门前的地上，瞬间被冻住。厨房里的碗筷抹布，上面只要沾着水，没一样不被冻得结结实实的。到水缸里舀水，要拿勺子敲，只一会儿，那上面已积一层冰。家里养的猫钻进灶膛里取暖。祖母生火煮饭，没留意它，它从火堆里窜出来，眉毛胡子，连同身上的毛，都被烧焦，活脱脱成烤猫了。一整个冬天，那只猫就撑着那副衰相，在我们的跟前晃。好在它也不嫌自己丑，我们也不嫌它丑，它照旧喵呜喵呜，自我感觉良好地冲我们撒娇，吃饱了就钻灶膛。祖母倒是有经验了，每次生火前，先拿火钳子轰它出来。

算算，祖母走了近十年了。那只猫，走了更久了，总有三十年了吧。却在这样的一个冬天，我与祖母和猫，再度相逢。我们都在时光里，鲜活如初。

我拍了晾衣竿上的冰凌，把图片发上微信。我在图旁，配了简短的一行字：

遇见小时候，阳光下的晶莹。

后面留言者众，都夸我拍的冰凌美。中有一人，这样留言道：

记得小时候，屋檐下一排的。

我看着这行字，眼睛微湿。我很想，拥抱一下她。不用说，她和我，一定拥有过同样的冰凌，拥有过同样的冬天。

年脚下

"年脚下"——这么说着，年便变成实实在在的物体，像一幢房子，一面墙，你倚靠上去，你有踏实感。一年奔到头，就是奔着这年脚下来的，一颗心安安稳稳下来。

年脚下，人与物皆丰富得不得了。我最喜这时候上街，哪怕什么也不买，就只看看，也心满意足得很。

卖炒货的摊子，一家挨着一家，家家热气腾腾。卖年糕的，电喇叭里，唱歌般地吆喝着"年糕，年糕，卖年糕哎"。一些女人，手提篾篮，上面挂着些肠衣，叽叽喳喳在人群里叫卖。我起初不明白那是啥，站旁边傻看。一妇人拿起一根肠衣就吹，那肠衣像气球般的，立马鼓了起来。她说，这是灌香肠的。

哦，我笑笑点点头，走开。释疑解惑了，真是满意之极。

卖云片糕的中年男人，敦厚，长得有点像我老家的一个人。我不由得多看他几眼，越看越像，老家也跟着他来到我跟前了。这年脚下，老家都在忙年吧，杀猪宰羊，蒸年糕蒸馒头，掸灰洗尘，不亦乐乎。我这么恍惚了一会儿，中年男人已卖出不少的云片糕了。他现做现卖，薄如云翼的大糕，从一架小小的机器里，一层一层吐出来。软乎乎的，散发出桂花香。人真是绝顶聪明，居然想出这等吃食来。云片糕云片糕，可不像极了云片么！

卖汤圆的年轻人，眉清目秀得厉害。他一身白衣裳，干净得像面粉。他不是本地人，操一口普通话，说话轻声轻语的，笑容也干净。他的汤圆品种多，有白芝麻的，有黑芝麻的，有草莓的，有果仁的。他麻利地装袋，临了关照一句，水开了不忙捞哦，多煮会哦，煮得胖胖的软软的，才好吃。我特别喜欢听他说那句胖胖的，软软的。有绵软的越剧味。

有老妇人去买汤圆，硬是要饶上两个。那边袋子已装好了，足了斤足了两地让她看了，她却伸手过来，迅速地再抓两个上去，嘴里说，饶两个，饶两个吧。年轻人伸手挡，带笑说，不能啊大妈，这个饶两个，那个饶两个，我这生意还做不做了？却并不当真去挡。老妇人得逞，面带得意色。他只得无奈地笑笑，继续招呼别的客人。

　　我看得兴趣盎然，觉得那老妇人的狡黠和可爱。不知自己老了时，会不会也这般。

人与花心各自香

是在突然间,闻见桂花香的,在微雨的黄昏。

那香味儿,起初若有似无,羞羞怯怯的。正疑心着,驻足四处张望,忽然一阵风来,吸进鼻子的,就是大把大把的香甜了。

有路人自言自语着:呀,桂花开了。一脸兴奋地笑。是乍见之下的惊喜。

心,跟着香香甜甜地一转,真的,桂花开了。那熟稔的香甜味儿,率真,浓烈,让人欢喜。

眼前恍恍惚惚的,有一树花开,细细碎碎的,是一树丹桂,在小院中。皓月当空,花香雾般缥缈。只需一棵树,就染香了一整个村庄。祖母的视线被小院中的桂花树牵着,目光柔和,充满慈祥。她望着窗外的树说:过些日子,就给你们做桂花汤圆吃。

我们很快乐。桂花汤圆好吃,一口一个呀,那是穷日子里,我们最奢侈的向往。我们望向窗外,对那一树细密的花儿,充满感激。

也听祖母讲过月里桂花树的故事。说一个叫吴刚的仙人,犯了错,被玉帝罚到月宫里,砍伐桂花树。那桂花树好奇怪的,他一斧子下去,桂花树又迅速长出新枝来。他一日不伐,树就疯长得恨不得能撑破月亮,所以吴刚只好日夜不停地,在桂花树下砍啊砍的。

人不能做错事啊,祖母这样叹。祖母是同情吴刚的。而我们,却在心里欢喜地暗想着,倘若那棵桂花树真的撑破了月亮,会怎样呢?那一树的桂花,可以做多少的桂花汤圆吃啊。这样的暗想,真是甜蜜。

喜欢过一部老电影里的旁白:桂花开了,十里八里都能闻到。故事发生在战争年代,一对毫无血缘关系的孤儿——六岁的男孩、四岁的女孩,被一农妇收养。在种着桂花树的小院里,他们长大,他们相爱。后来,解放了,男孩当了大官的亲生父母找上门来,把男孩接到城里。距离之外,一切仿佛都变了,包括男孩女孩青梅竹马的爱情。但每年,小院子里的桂花,却如约而开,十里八里都能闻得到。男孩的梦里,飘满这样的桂花香,他终抵不住思念,回到乡下女孩身边。

这是桂花的爱情,爱就爱了,只管把她的浓情蜜意一路洒开来,缕缕不绝,让人欲罢不能,魂牵梦萦。

现在,桂花树不单单乡村有,城里也种上了。秋天时节,在某条街道上随意闲逛,就有桂花香撞过来。如果这个时候刚好飘过一场雨,雨不大,是漫不经心飘着的那一种,花香便被濡湿得很有质感,随手一拂,满指皆是。桂花把空气染成了一罐蜜,人在其中，也成了一个香甜的人了。不由自主想起宋代词人朱淑真写的诗来："一枝淡贮书窗下，人与花心各自香。"这样的时光，非常的幸福，非常的暖。这样的时光，很容易想起一些人，想念他们的好，怀着感恩的心。

草木染

六月的天空,是草木染的天空,湖蓝的、淡紫的、土黄的、玫红的、靛青的……每一块云彩扯下来,都可以直接裁成衣裙。

天地最地道的色彩,当是草木的。树叶,野草,花朵,果实,藤蔓……哪一样,都有着饱满的颜色。天地有大美。

只是,是谁第一个知晓,用这草木之色,来装扮自己?或许是他在果腹之余,无意中发现,沾在手臂上的果实的汁液叶子的汁液花朵的汁液,是那么鲜丽,他关于美的意识,觉醒了,或者说,萌芽了。于是,他把那些汁液到处乱涂,在他穿的兽皮上涂涂,在他的脸上脚上涂涂,在他握着的尖尖的石头上涂涂,这是最初的原始的美。于是乎,整个部落的人跟着效仿。然后,慢慢地,从一个部落,到另一个部落,以至到整个人类,拥有了颜色。

从此,人类把草木之色披在身上,才有了"有一美人,被服纤罗"。才有了衣带飘飘,灿若云霞。才有了朴素、淡雅、华丽、绚烂和尊贵。才有了美。

我独自徜徉在这草木染的天空下，还原着《诗经》年代的场景：

终朝采绿，不盈一匊。予发曲局，薄言归沐。
终朝采蓝，不盈一襜。五日为期，六日不詹。

天也高着，地也阔着，着绿衫或白衫的女子，提篮采绿，采蓝。她要用这些鲜亮的草色，染了衣裳，打扮得漂漂亮亮迎他归。可是，他什么时候归来呢？她沮丧得很，无心无绪地采啊采啊。草木染的情意，谁人能懂！

又或是这样的场景：

东门之墠，茹藘在阪。其室则迩，其人甚远。

东门之外，茂密的茜草一路铺下斜坡去，年轻的姑娘可没心思采了，她两眼痴痴望着那个人住的房子，近在咫尺，却似隔着万水千山。她走不近他，多苦恼！她特意穿着一身茜草染成的红衣裳，那么明艳夺目啊，他也看不到。

草木染的相思啊！

恍惚，我也成了《诗经》中的一个了。

又何止是绿？何止是蓝？何止是茹藘？这时节，随便扯下一把叶子，或一把野草，都可以浆染衣裳的吧。

几只鸟，在绿树丛中跳跃，它们的羽毛，也像是草木染的了。我在一条小径上，来回走着，一会儿看看天，一会儿看看地，直到把自己也走成草木染的一个。

每一个四季，都是自己的人生

读到一个好句子：每一个四季，都是自己的人生。

若真的把人生分为四季，该是这样的：小孩子是春天，青年人是夏天，中年人是秋天，老年人是冬天。

对照着看，我已走过鹅黄柳绿的春，走过葱茏茂密的夏，到达丰厚内敛的秋。前面，是个洁净清明的冬在等着。

伤感吗？似乎应该伤感。没了春天的姹紫嫣红，没了夏天的青绿翁郁，秋天里，是一场凋零一场空。

然"夏姐姐"不这么认为，"夏姐姐"说，哪怕凋零，也是华丽的。

"夏姐姐"说，我还要买件花裙子穿，我还要买双溜冰鞋，留着冬天去溜冰。

"夏姐姐"，七十有五。我们是第一次见。她涂着很艳的口红，穿着碎花呢外套，脖子上系一条艳丽的丝巾，头发烫成微卷。我心里叹一声，真美。像什么呢，就像一棵华丽的枫树。

她不喜人称她"奶奶",她一本正经说,请叫我"姐姐"。同行中有人带一五六岁小男孩,小男孩见她,脱口就叫,奶奶好。她笑着纠正,不,小宝贝,叫我姐姐。自此,大人小孩,都一律叫她姐姐,夏姐姐。

她活泼,爱跳,爱笑,笑得眉目飞扬。十足的少女模样。

在她那里,哪里有什么秋的凋零,冬的肃杀,她活着她自己的四季人生,丰盈而美好。

真心喜欢她。人生如果认真走下来,都应该如这般丰盈美好,每一季都有自己的锦绣。我吹过四月的风,我淋过十月的雨,这人生,算得是圆满了。

风会记得一朵花的香

一

没事的时候，我喜欢伏在三楼的阳台上，往下看。

那儿，几间平房，坐西朝东，原先是某家单位做仓库用的。房很旧了，屋顶有几处破败得很，像一件破棉袄，露出里面的絮。"絮"是褐色的木片子，下雨的天，我总担心它会不会漏雨。

房子周围长了五棵紫薇。花开时节，我留意过，一树花白，两树花红，两树花紫。把几间平房，衬得水粉水粉的。常有一只野鹦鹉，在花树间跳来跳去，变换着嗓音唱歌。

房前，码着一堆的砖，不知做什么用的。砖堆上，很少有空落落的时候，上面或晒着鞋，或晾着衣物什么的。最常见的，是两双绒拖鞋，一双蓝，一双红，它们相偎在砖堆上，孵太阳。像夫，与妇。

也真的是一对夫妇住着，男的是一家公司的门卫，女的是街道清洁工。他们早出晚归,从未与我照过面,但我听见过他们的说话声,在夜晚,喁喁的,像虫鸣。我从夜晚的阳台上望下去,望见屋子里的灯光,和在灯光里走动的两个人影。世界美好得让人心里长出水草来。

某天,我突然发现砖堆上空着,不见了蓝的拖鞋红的拖鞋,砖堆一下子变得异常冷清与寂寥。他们外出了?还是生病了?我有些心神不宁。

重"见"他们,是在几天后的午后。我在阳台上晾衣裳,随意往楼下看了看,看到砖堆上,赫然躺着一蓝一红两双绒拖鞋,在太阳下,相偎着,仿佛它们从来不曾离开过。那一刻,我的心里腾出欢喜来:感谢天!他们还都好好地在着。

二

做宫廷桂花糕的老人,天天停在一条路边。他的背后,是一堵废弃的围墙,但这不妨碍桂花糕的香。他跟前的铁皮箱子上,叠放着五六个小蒸笼,什么时候见着,都有袅袅的香雾,在上面缠着绕着,那是蒸熟的桂花糕好闻的味道。

老人瘦小,永远一身藏青的衣、藏青的围裙。雪白的米粉,被他装进一个小小的木器具里,上面点缀桂花三两点,放进蒸笼里,不过眨眼间,一块桂花糕就成了。

停在他那儿,买了几块尝。热乎乎的甜,软乎乎的香,忍不住夸他,你做的桂花糕,真的很好吃。他笑得十分十分开心,他说,他做桂花糕,已好些年了。

我问，祖上就做吗？

他答，祖上就做的。

我提出要跟他学做，他一口答应，好。

于是我笑，他笑，都不当真。却喜欢这样的对话，轻松、愉快，人与人，不疏离。

再路过，我会冲着他的桂花糕摊子笑笑，他有时会看见，有时正忙，看不见。看见了，也只当我是陌生的，回我一个浅浅的笑。——来往顾客太多，他不记得我了。但我知道，我已忘不掉桂花糕的香，许多小城人，也都忘不掉。

现在，每每看到老人在那里，心里便很安然。像小时去亲戚家，拐过一个巷道，望见麻子师傅的烧饼炉，心就开始雀跃，哦，他在呢，他在呢。

麻子师傅的烧饼炉，是当年老街的一个标志。它和老街一起，成为一代人的记忆。

三

卖杂粮饼的女人，每到黄昏时，会把摊子摆到我们学校门口。两块钱的杂粮饼，现在涨到三块了，味道很好，有时我也会去买上一个。

时间久了，我们相熟了。遇到时，会微笑、点头，算作招呼。偶尔，也有简短的对话，她知道我是老师，会问一句，老师，下课了？我答应一声，问她，冷吗？她笑着回我，不冷。

我们的交往，也仅仅限于此。淡淡的，像路边随便相遇到的一段寻常。

我出去开笔会，一走半个多月。回来后，正常上班、下班，没觉得有什么不同。

女人的摊子，还摆在学校门口，上面撑起一个大雨篷，挡风的。学生们还未放学，女人便闲着，双手插在红围裙兜里，在看街景。当看到我时，女人的眼里跳出惊喜来，女人说，老师，好长时间没看到你了。

当下愣住，一个人的存在，到底对谁很重要？这世上，总有一些人记得你，就像风会记得一朵花的香。凡来尘往，莫不如此。

第二辑　愿全世界的花都好好地开

小欢喜

喜欢这样一种状态：太阳很好地照着，我在走，行人在走，微笑，我们对面相见不相识。心里却萌生出浅浅的欢喜，就像相遇一棵树、相逢一朵花。

路边的热闹，一日一日不间断。上午八九点的时候，主妇们买菜回家了，她们蹲在家门口择菜，隔着一条巷道，与对面人家拉家常。阳光在巷道的水泥地上跳跃，小鱼一样的。我仿佛闻到饭菜的香，这样凡尘的幸福，不遥远。

也总要路过一个翠竹园。是街边辟开的一块地，里面栽了数杆竹，盖了两间小亭子，放了几张石凳石椅，便成了园。我很爱那些竹，它们的叶子，总是饱满地绿着，生机勃勃，冬也不败。某日晚上路过，我透过竹叶的缝隙，看到一个亮透了的月亮，像一枚晶莹的果子，挂在竹枝上。天空澄清。那样的画面，经久在我的脑海里，每当我想起时，总要笑上一笑。

还是这个小园子，不知从哪天起，它成了周围老人们的天下。老人们早也聚在那里,晚也聚在那里,吹拉弹唱,声音洪亮。他们在唱京剧。风吹,丝竹飘摇,衬了老人们的身影,鹤发童颜,我常常看得痴过去。京剧我不喜欢听,我吃不消它的拖拉和铿锵。但老人们的唱我却是喜欢的,我喜欢看他们兴高采烈的样子,那是最好的生活态度。等我老了,我也要学他们,天天放声歌唱,我不唱京剧,我唱越剧。

路走久了,路边的一些陌生便成熟悉。譬如,拐角处那个卖报的女人,我下班的时候,会问她买一份报,看看当天的新闻。五月,她身旁的石榴树,全开了花,一盏盏小红灯笼似的,点缀在绿叶间,分外妖娆。我说,你瞧,这些花都是你的呀。她扭头看一眼,笑了。再遇见我,她会主动跟我打招呼,送上暖人的笑。有时我们也会聊几句,我甚至知道了,她有一个女儿,在读高中,成绩不错。

还有一家花店,开在离我单位不远的地方。花店的主人,居然是个男人,看起来五大三粗的。男人原是一家机械厂的职工,机械厂倒闭后,男人失了业。因从小喜欢花草,他先是在碗里长花,阳台上长一排,有太阳花,有非洲菊,有三叶草。花开时节,他家的阳台上,成花海。左邻右舍看见,喜欢得不得了,都来问他讨要。男人后来干脆开了一家花店,买了一些奇奇怪怪的小花盆,专门长花草。那些小花盆里长出的花草,都一副喜眉喜眼的样子,可爱得很。看他弯腰侍弄花草,总让人心里生出柔软来。我路过,有时会拐进去,问他买上一盆两盆花,偶尔也会买上几枝百合回家插。他每次都额外送我几枝满天星,说,花草可以让人安宁。真想不到这样的话,是他说出来的。一时惊异,继而低头笑，我是犯了以貌取人的错的。我捧花在手，小小的欢喜，盈满怀。

也在路边捡过富贵竹。是新开张的一家店，门口祝福的花篮儿，摆了一圈。翌日，繁华散去，主人把那些花篮，随便弃在路边。我看见几枝富贵竹，夹杂在里头，蔫头蔫脑的，完全失了生机。我捡起它们，带回家，找一个玻璃瓶插进去。不过半天工夫，它们的枝叶，已吸足水分，全都精神抖擞起来。

再隔几日，那几枝富贵竹，竟冒出根须来。隔了一层玻璃看，那些根须，很像银色的小鱼。我把它们放在我的电脑旁，无论我什么时候看它们，它们都是绿盈盈的。这捡来的一捧绿，让我心里充满感动和快乐。

曾经我想过一个问题：这凡尘到底有什么可留恋的？原来，都是这些小欢喜啊。它们在我的生命里，唱着歌，跳着舞。活着，也就成了一件特别让人不舍的事情。

恰　好

黄昏时，去沿河风光带散步，一边看着夕阳落，一边看着星星起。

河里有船只突突而过，惹得水浪哐哐作响。这个时候，我总忍不住要冲着那远行的船只喊："船长，带我走——"打小的印象，去远方是要坐着船去的。

有人骑车过来，车上放着钓具，这人拨开树丛，走向水边。他是准备夜钓的。据说鱼在夜里会变得很蠢，糊里糊涂就上了钓钩。

河岸边柳树上的叶子，不少已染上黄了，在绿里头黄着。一旁的林子里，枫树、栾树和银杏，还有榆树，都开始浓妆艳抹起来，秋的舞台早已搭好，它们就要登台做最后的告别演出了。风似乎有些惆怅，它慢慢吹啊吹，气息好长，吹落一片叶子，又吹落一片叶子。木芙蓉还在开花，好像这一切它都不放在心上，它只尽心尽力做着自己的事情。

秋蝉在哪棵树上，突然"吱——"的一声，吓我一跳。我站着听，它的叫声到底怯弱了许多，惶惶的。虽是惶惶着，然还在竭力歌唱。时光的流沙，在它的每一声里隐着——与其伤感，不如歌唱吧。

　　一老者持一管笛子，坐在海棠树下的石凳上吹。吹的是首《草原之夜》，吹得断断续续的，不算好听。可是又怎样，老者沉醉于他的吹奏。他头顶上海棠的叶子掉得快，都快掉光了。但一树一人一石凳，这样的画面，还是叫我心动了又心动。

　　我心里又漫涌出一个字来，爱。是啊，我爱。有没有比这更好的景致？有没有比这更好的人？我信，有。但我要的，是这个恰好。在合适的地点、合适的时间里遇见，没有别的选项了，只有这一个。这样的天，这样的地，这样的水，这样的树，这样的人，于我而言，都是恰恰好。

　　人世间为什么会有那么多纠缠、不甘和失落？只是因为，总在固执地寻找更好，而不知道自己拥有的，是恰恰好啊。

偶　遇

小城有家卖饰品的小店，店名叫得极有意思，叫"偶遇吧"。小店开在一条古旧的街道上。店里卖的都是小饰品：精美的钥匙扣，拙朴的香水瓶，会唱歌的玻璃小人，五颜六色的发圈……每一样，都是精致小巧的。一间再普通不过的小屋，被装点得像童话。让人颇感意外的是，店主是个六十开外的老妇人，穿大红的衫，戴贝壳串成的手链，笑容灿烂，举手投足间，自有一些风情。年轻时，她迷恋小饰物，一直没有机会开这样的店。退休了，她重拾旧梦，天天守着一堆"宝贝"，把日子过得如花似玉。

也是这样的偶遇，在武汉。当地文友拉我去逛光谷步行街。天桥之上，我被一朵一朵怒放的玫瑰花牵住了脚步。确切地说，那不是花，那是一堆橡皮泥。可它分明又是花，瓣瓣舒展，鲜艳欲滴。

捏橡皮泥的，是个矮个子男人。眼睛细小，皮肤黝黑，满脸沧桑。沧桑中，却有种淡定的平和。他在眨眼之间，把一小坨橡皮泥，捏成一朵盛开的玫瑰。我蹲下去，看他捏。他十指扭曲，严重残疾，却灵活。手像被施了魔法似的，在橡皮泥上轻轻一按，一瓣花开了。再轻轻一按，一朵花开了。

我挑起一枝，紫色，典雅大方。想买。他说：这个不卖，人家预定好了的，你要买，我再给你捏。我惊讶了，我说：你可以重捏一个给预定的人啊。他却坚持不卖，说他答应过给人家留着的，就一定得留着。一会儿之后，他给我捏出另一朵来，撒上荧光粉。他关照：你回去对着灯光照上十来分钟，它会发光的。

从武汉回来，别的东西没带，我只带了那个花回来。看见它，我总要想一想花后的那个人，生活对他或许有诸多不公，他却能够做到心境澄清，让花常开不败。

还是这样的偶遇，在云南。夜晚的广场上，一群人围着篝火在跳舞。不断有人加入进去，天南地北，并不熟识。不要紧的，笑容是一样的，快乐是一样的，心灵因一团篝火，在瞬间洞开。我站在圈外看，有人跟我招手：来呀，一起来跳啊。我笑着摇摇头。手突然被一女子牵了，她不由分说把我牵进那群欢乐的人中。灯光暗影里，她脸上的笑容明明灭灭，如星星闪烁。她说：跳吧，一起跳吧，很好玩的呀。她很快踩上音乐的节奏，身体像条灵活的鱼，看得我眼热，跟着她后面跳起来。那是我平生第一次跳舞，完全不得章法，欢乐却像燃着的篝火，把人整个地点燃。曲终，转身寻她，不见。满场的欢声笑语，经久不散。

人生还有多少这样的偶遇？在时间无垠的荒野里，我们都是跋涉的旅人，却因这偶然的相遇和眷顾，布下温暖的种子。日后，于某一时刻，不经意地想起，那些温暖的种子，早已在记忆深处，生根发芽，抽枝长叶，人生因此变得丰盈。

送自己一朵微笑

有些事情，其实我们很容易就能做到。

比如，送自己一朵微笑。

一朵，刚刚好。就像一枝带露的玫瑰，散发出清晨特有的清香和甜蜜。又像春天枝头刚爆出的一朵新芽，柔软且纯真。

美好的一天，是从清晨开始的。第一缕晨雾。第一片阳光。第一声鸟鸣。第一袭花香。——这一些，无不是崭新的。而你，从黑夜里泅渡过来，沐浴着新的生命的光泽，便也是一个全新的你了。多么值得庆幸，你又迎来光明的一天。

为什么不送自己一朵微笑呢?

来，对着镜子。

若是没有镜子，就对着一面窗玻璃吧。

若是没有窗玻璃，哪怕对着空气也行。眉毛弯弯，嘴角上扬，一朵微笑的花，就开在你的脸上了。你的心田里，会充溢着一种芬芳。

享受这种芬芳吧。你会发现，门前掠过的车声人语，要比往日的动听。家里长着的那盆植物，要比往日的葱茏。简单的早餐吃在嘴里，也比往日的滋味绵长。普通的衣穿在身上，也比往日的合体熨帖。而你，真的有些不一样了呢，你容光焕发，身体轻盈，眼中所见到的，都仿佛镶着一对会笑的眼。你跃跃着，想对这个世界打声招呼："嗨，你好早晨。"

扣上门，上班去。你的嘴角，还是上扬的。看树，树在笑。看草，草在笑。陌生人相遇，也都是友善的。谁会对一个微笑着的人施以颜色呢？不会的。你从来没有觉得，这个世界，原来是这样的温和可亲。

每天必走的路，是厌倦过的。可是，今天却大不相同了。车窗外掠过的房屋、街道和行人，肩上都落着晨曦的光芒，看上去又温暖又美好。一些熟悉的街景，也有着说不出的温馨。一棵法国梧桐，站在一家卖小饰物的小店门口，树又高大又茂密，像撑着把绿色大伞。小店的名字这回你看清了，叫"转角微笑"。你为这个名字暗暗叫好。想象着起这个名字的主人，一定总是嘴角含笑，满面春风。卖早点的摊子前，坐着三五个客人，馄饨或是面条上面，荡着一层晨雾般的热气。还有那个烧饼炉子，守着它的，竟是一个长相不错的女人。烧饼出炉了，买烧饼的人排成了队。你想象着那种香。每日里能与这种香相亲相爱，也是福分。修鞋的师傅开始出摊了，他把摊子摆在一棵合欢的下面，暂无生意，他坐在矮凳上，双手拢起，笑嘻嘻地看街景。那棵合欢，夏天连着秋天，都在开着花。一树的粉艳，把俗世的寻常，映得天晴日暖。你第一次充满感激，熟悉的东西无有改变，也是一种恩赐。都还在着呢，便是安慰。

你就这样一路走，一路看着、想着，有再相逢的喜悦。以前觉得漫长无趣的上班路，变得短暂又好玩了。你带着这样的心情，开始你一天的工作。你意外地发现，你的一颗心里，不再有抱怨，只有欢喜，鸟鸣雀叫，繁花似锦。寻常的每一天，原都是好日子。

做个好天气一样的人

1

五点多的窗外粉粉的,初初降生的世界,水嫩柔软。我醒来,很高兴,我又拥有一个新的世界,备觉更爱自己。

2

春天做着软软的甜梦,让人一不小心,就绊倒在它的斑斓里。我迷失在春天的天空下,心甘情愿被春天绑架,想要和它结婚,想要为它生儿育女,开出千朵万朵绚烂的花。

3

突然来的倒春寒,好天气生了满满的皱纹,草木们一阵惊慌之后，很快镇静下来，调整好自己的步伐，该绿的绿着，该盛放的盛放着，每一个都是在历练和修行中。它们知道，活着本身，就是极大的运气。

4

我爱水边的植物。三月里，桃花粉粉地开在水边；五、六月，菖蒲在水边绿绿地招摇；八、九月，水波轻荡，岸边数枝红蓼戏清风；冬月里，乌桕站在水边，一树白白的果子如梅怒放。

水边的植物，都被水里的精灵附了体，有着说不出的迷人，总能惊动你的心灵。

美是惊动心灵的一件事。

5

翻山越岭的云也会累吗？午后，我看到从天边飘来的一垛云，像只跑得气喘吁吁的大白熊，瘫倒在人家的马头墙上。

6

春天躺在草地上，暖洋洋的太阳一晒，我仿佛也要出芽了。

7

想象不出一朵花生病感冒的样子，它也会流鼻涕，也会咳嗽，也会软弱无力吗？

你这样想的时候，花朵笑了。

花朵对每一个生命微笑。它爱男人，也爱女人。爱高贵的，也爱卑微的。爱阳光下的事物，也爱暗夜里的虫子。

在花朵跟前，我们的灵魂，都是残缺的。

8

如果遇到晴天，就摊开自己，多让阳光晒晒吧。多赏赏花草，多吹吹和暖的风，好储蓄些能量，等到阴雨天里，拿出来晾干自己。

9

在黄海边，我看到一朵云，从天上飘落下来，停泊在码头，像只忠心仆仆的大狗蹲在那儿，安安静静等着它远航的主人归来。

10

我爱初夏的新绿，它让每棵树崭新着，每棵草崭新着，每粒水崭新着。

这个时候的风,是草绿色的风,吹得人的心里,长出嫩嫩的水草来。

我吹着这样的风,沿着林荫小道往前走,耳畔边,萦绕着溪水一般的鸟鸣。遇到花,我就停下脚步,看一看。那些小小的端端正正的美,总是叫我的心,忍不住一颤,哎,它们太好了。我轻轻喊出它们的名字。时光一粒一粒,都是清美的。

11

你有没有发现,几乎所有的植物都活得很体面,从不显狼狈。无论是盛开,还是凋零,它们都按照自己的节奏走,不慌不忙,不急不躁。

我们为什么不能向一棵植物学习呢?认识自己,拥有自己的节奏,活得安静、丰富而从容。

12

人生太多无奈,充满无数不定数。美好只在瞬息间,守住一刻是一刻吧。余生我只听从自己的心,走自己的路,吃自己的饭,赏自己的景。

13

颜色的暴风雪,癫狂而下。这是仲秋。

栾树一边开花一边结果，花如黄绸巾飘舞，果如红灯笼高悬。天地为我专门张灯结彩。除了爱，我别无选择。

14

遇到好天气，我总忍不住要赞美。亮堂堂的太阳。亮堂堂的青绿和鸟鸣。清风温柔，云朵相爱。我要做个好天气一样的人。

15

有没有比一棵植物更诚实的事物？对季节诚实。对天空和大地诚实。对眼睛诚实。诚实地出芽。诚实地抽枝长叶。诚实地绿起来。诚实地开花和结果。诚实地凋零和衰老。

生命一场，要做到像植物一样坦荡和光明磊落，方才活出真滋味啊。

16

"人类是充满欲望并受欲望驱使的动物。"弗洛伊德说。

否定欲望的存在，或是杜绝欲望，彻底的无欲无求，是非常不现实的，也是无趣的。但过分放纵欲望，在欲望中沦陷，将注定是一场毁灭。

尽量使欲念少一些。杂树生花，只取其一两枝，愉愉眼，悦悦心即好。懂得节制，方能获得轻松，更接近理想中的宁静和幸福。

17

如果我们能够提前预知接下来的苦难,我们就不往下走了吗?不,不,我们舍不得。我们贪恋着此刻胸腔中的一口热气,贪恋着此刻眼中所见到的天地间的色彩——那水里的倒影多么梦幻!那空中鸟雀的舞姿多么美妙!

想到今天的后面还有一个明天;想到冬天的后面还有一个春天;想到菊花谢了,梅花该登场了。心里便有了一千个一万个的意愿,我要走下去,我一定要走下去,活得长长久久。

18

夏天最好的礼物,莫过于一场雨。

午后,雨终于来了。是冰河乍破啊,有虎啸龙腾之状。我大开门窗,雨打湿了地板也没关系的。窗外的栾树在雨中兴奋得直摇头晃脑,我也差不多在摇头晃脑的了。

等这场雨,等了好些天了。终于等到了,好像万事皆可休了。

是啊,我越来越耽于眼前的事物——?一帘骤雨,一捧凉风,几片绿荫,几树蝉鸣,几盆薄荷,几枝小花……没有什么是永恒的。得到的和失去的,在某种意义上,是没有什么区别的。一转身,都成背影都成往昔了。

19

　　做人实苦。一生中难免要忍受肉体或精神的疼痛。疼痛是伴随着人的一生的，这是不争的事实。

　　然而，做人又实在生动快乐。比如我走在夏夜的天空下，头顶上有星星在闪，耳畔有蝉鸣声声。在幽静的林子里，有着更幽静的温柔的呼吸——草木的，虫子的。那些草木，总是忠心耿耿地守着四季，用色彩迎来送往。那些我叫得出名字叫不出名字的虫子，有的生命短暂到只有几天，但它们只要活着一刻，就有一刻的欢喜。我总是要被它们感动，继而为自己庆幸：瞧，我虽然胳膊疼痛，但我的双腿还能健步如飞啊，还能走在这样的夜空下，耳聪目明地，接纳一切的色彩与声响。

　　活着的每一天，都是福报。

20

　　手抄司空图的《二十四诗品》。不拿它当诗论读，只当诗歌慢品，也是极有味道的。比如这则《旷达》：

　　　　生者百岁，相去几何。欢乐苦短，忧愁实多。何如尊酒，日往烟萝。花覆茅檐，疏雨相过。倒酒既尽，杖藜行歌。孰不有古，南山峨峨。

怨不得苏轼也喜欢司空图，他们的性情是何等相似，都能看透人生无常，不去纠缠，当下尽兴即好。司空图活在唐末多事之秋。72岁时，绝食而亡。应了他写的"泛彼浩劫，窅然空踪"了。

21

这世间的慈悲有多种演绎方式，不漠视、不冷漠、不伤害、不嘲笑、不嫉妒、不造谣生事、不以大欺小恃强凌弱、不生恶念、不落井下石、不偏袒徇私，都是。而微笑、倾听、看见、扶持、抚慰、宽容、理解、信任、诚实、陪伴、感恩，更是慈悲。

22

在生老病死上，上帝最讲公平公正，他才不管什么富贵与贫贱、美貌与丑陋，一律视为草芥。你做得了主的，只是活着的当下，好好把握，得一刻便是一刻的圆满。

总有一束光,能被我们捉住

一

霜降过后是立冬。立冬过后是小雪。小雪过后,大雪快跟着上来了。

节气守着时令,或曰时令守着节气,在宇宙中我们居住的这一粒小小尘埃上,周而复始。

万物随着周而复始,新生的在新生,死亡的在死亡。

一切自然而然。

二

被一束光迷住。

一晌午,我迷失在那束光里面。

那是一捧阳光穿透茶水投射在我书桌上的一束光。

我向来只喝白开水，清清简简、完完全全水的味道。可这个冬天，阳光一而再再而三地破窗而入，挑逗着我，媚惑着我。我负暄而坐，愉快得不行，总觉得得有点仪式感才好。于是乎，我搬出茶具，翻找出一些茶叶。其中有东方出版社莉莉总编送我的一款，是溧阳产的。装它的小瓷瓶太可爱，又古典又诗意。好，就泡它。

　　茶叶注入开水，又经小煮，汤水渐渐地由淡至浓。我有滋有味地在一旁观摩，那色泽的变化，就如同爱情的发生。初遇时惊喜，彼此生了好感。相处时，小心脏开始一毫米一毫米沦陷，最后终化成浓烈。好了，入骨相思了。

　　茶温在炉上，我一边闲读几页书，一边品茶。我极少品茶，也说不出这茶那茶的区别。但觉这茶是好的，入口极香，还带了点糯。然后，我一侧头，望向茶壶时，就看到一奇观，震撼得我的心，有一刻是停止跳动的。

　　是的，我看到阳光的杰作了。它穿透茶水，在书桌上丢下一个金折扇，送我。那真是金光耀眼，璀璨夺目，该是纯金打造，绝不掺假。

　　我笑纳了阳光的好意。寻常的日子，因此金碧辉煌起来。

　　世事瞬息万变，举步维艰，活着非常不易。但总有一束光，能被我们捉住，成为照亮心头的安慰。

三

　　放慢了读书的节奏。

　　其实，我读书的节奏，一直以来都很慢。一本书要消化好些时候，也才能消化完。我从不贪多。我知道自己就普通一凡人，脑袋不算大，自然盛不了多少东西。多了，装不住，也是枉然，故我很少装忧装愁装杂七杂八鸡零狗碎。哎，我只一个脑袋，盛点文字盛点天空盛点大地盛点草木鸟鸣，也就再塞不下别的了。

最近读的是孙犁的随笔。是他八十岁以后的作品。越读越喜欢。为什么呢？是因为真，每句话都说到我的心坎上，说得我掩卷大笑，或掩卷沉思，或频频点头称是。人老了，不要讨好谁了，不要在意谁了，全世界都与他无关了。笔下的字，一个一个，便都是从胸腔里掉出来的金粒子。

我太爱惜这些字了。

做人要真，这是第一要紧的事。若是戴上面具做人，久了之后，自己也会不认识自己的，那可真可怜。

我很开心，我的世界，一直清爽着，比较简单。有芜杂进来，我也会把它清理得干干净净。所以呢，一直做着自己。你说我清高也好，你说我狂妄也罢，那都是你的以为，与我何干？

品味时尚

是在突然间起了念头,要来个农家游的。

那日,闲来翻报,看到休闲时尚一栏,大幅的照片上,村庄田畴铺陈,阳光融融,人们笑脸灿烂。旁有文字介绍,说上海市民现在最时尚的生活,是去乡下吃农家饭、品农家菜、看农家景。

失笑不已,这样的时尚,我在一二十年前可是天天品味着的。

得了启示,休息日里,电话召集同样在外工作的弟弟,我说我们这次一起来个农家游可好?

两家人马,浩荡成一支团队,直往乡下——我们的老家扑去。慌张了我们的父母,他们站在屋前,手足无措地望着我们笑,问,乖乖啊,今天又不过年又不过节的,咋都回来了呢?

一笑,回他们,想你们了呗。话说完,脸暗自红,若不是受这时尚的农家游的启发,生活在城里的我们,平常日子里,哪里会想到父母?

父母冷清的小屋,因我们的到来而热闹。家里养的小黄狗也来凑热闹,老熟人似的,绕了我们的脚跟嗅。一只小羊跑来,站在门口,朝着我们好奇地张望。琥珀色的眼睛里,有着孩童般的温柔和天真。母亲介绍它像介绍她另外的孩子,母亲说,这是家里刚生的小羊,这小家伙聪明得跟人似的,我和你爸从田里回来,它都老远跑过去接。前些天,它吃了下过露水的草,泻肚子了,再给它湿草,它怎么也不肯吃了。

我们都以为奇,围着小羊拍照。暗喜不已,这样的"明星人物",到哪里找?六岁的小侄子,更是抱着它,当了活玩具,喜欢得不肯松手了。

提了篮子,去地里摘菜蔬。初夏的天,地里的植物们,葱茏得不能再葱茏。瓜果多的是,香瓜梨瓜木瓜,比赛着结。——随便摘吧。蔬菜多的是,韭菜一垄一垄地绿着。还有小青菜,嫩得掐得出水来。黄豆荚也饱满得刚刚好,用韭菜炒嫩黄豆吃,既鲜嫩又清新。

邻居们隔屋相望,远远招呼,我家有紫茄子要不要?

要,当然要。提了篮子就过去了,摘了小半篮子。邻人还嫌不够,频相劝,再多摘点呀,我家里多着呢。

心里满溢的都是好。乡下人家就是实诚,在他们,给予是福,而你的接受,对他们来说,更是福。因为你的接受,意味着没拿他们当外人。心与心,原是这样靠近的。

很快,正宗的土灶上,烧出正宗的土菜,父亲还斩了一只草鸡。一桌子的好吃好喝。我们埋头大吃,直吃得打饱嗝。父母却吃得少,一直在一旁笑眯眯地看着我们,不时地叹一声,真好。

真好什么呢?在他们,子女能常回家看看,就是最大的满足。我突然想，假如，与亲情相约也能成为一种时尚，将有多少父母笑开颜啊。而我们，也因这样的时尚，可以时常与记忆里的自己重逢，去童年待过的地方走一走，去问候一下从前的蓝天和白云。人生会因此，更为丰满。

送你一朵云

下午三四点的光景,天空很干净,有蓝玉之光。这样的天空,惹得我频频抬头。后来,我索性停在路边,一心一意地看天。

无数朵白云突然冒了出来,像一场雨后,蘑菇们唰啦啦地从土里钻出来。这很神奇!我想,天上一定有谁在种着这些"白蘑菇"。这些"白蘑菇"密密地聚在一起,又嘭嘭嘭地开起花来。你根本来不及细看,那些花朵便都开好了,它们像秀气的玉兰花。

满天玉兰花呀,一朵挨着一朵,一朵挤着一朵,仿佛有香气流淌下来。

我恨不得飞上天去,把它们摘下来,然后提着篮子去叫卖,让花香染遍一条又一条悠远的深巷。

晚上,我跟当地朋友说起这个。他挺意外的,"啊"一声,笑了,问:"是吗?有吗?我们这里也有这么好看的天空?"

我突然心疼得不知所措。不远处,五月的蔷薇攀爬在一户人家的铁栅栏上,默默地盛开。

杜牧写"白云生处有人家",他用大白话把眼里看到的景象实打实地描绘出来。他用的那个"生"字令我着迷,是"生活"的"生",是"活生生"的"生",是"生龙活虎"的"生",是"生生不息"的"生"。

我们来这尘世走一遭,都是为了这个"生"。白云,亦不例外。每一朵白云,原本也是有根有家的。

我说我养了几朵云。

唔,是真的。

我把它们养在窗子外头,养在我小屋的上空。

在屋子里做事时,我一扭头,就可以看到它们。它们像小白鸽一样,隔着窗,朝我张望。

每天有它们在,天空多晴朗啊。

它们都是爱学习的好孩子,每一个都学得一身会变魔术的好本领。有时,它们会变成小鸡小狗、小羊小兔,甚至小老虎逗我玩。有时,它们又变成小溪流,哗啦啦地流,或是变成沙滩,或是变成山峰、丘陵和峡谷?

我在看书的时候,它们也一本正经地看书。我在给花浇水的时候,它们就把自己变成一朵花。它们也会跟我屋前长着的几棵树玩,把影子一朵一朵地抛撒到树的上面。有一只鸟蹲在它们的影子里唱歌,还有一只猫走过树下面,猫抬头看看树,有些好奇,想必它看见了白云藏在里面。

偶尔,它们也会离开几天,去外面的世界巡游。它们一离开,天就阴了,下雨或是下雪了。我不急,也不埋怨,只是耐心等着,我知道它们很快就会回来。

果真，我一觉醒来，雨停了，它们正蹲在我的小屋旁，一脸明媚地看着我。

如果有一天，我说我要送一朵云给你，你不必惊讶，那说明你已经被我当成了知音。

会飞的太阳

一

去一个老宿舍区找人。

老宿舍是上个世纪八十年代初建的,平房,一字排开,隔成一小间一小间的。一小间里住一户人家,一家好几口人,都挤在这一小间里。邻里不消说鸡犬声相闻,就是彼此间轻微的呼吸,都能听得见。——当然,这都是从前的事了。

现在,这些平房,蹲在几幢高楼后。房顶的瓦片上,生满了岁月的绿苔。乡下的草,也跑来凑热闹,一簇一簇的狗尾巴草,聚集在房屋顶上,春天绿着,秋天黄着。墙壁上涂抹的白石灰,已斑驳成印象画了。前面的高楼挡着,老房子终年难得见到阳光。

在老房子里长大的孩子们,早已羽翼丰满,飞了。他们再不肯住在这里,哪怕在外租房住。留守在这儿的,都是些上了岁数的老人。老人们念旧,住久了的房子,有些像他们的亲人,难丢难舍。

我去时，是冬天。冬天的阳光，见缝插针地从高楼的缝隙里漏下一点两点来。我看到几个老妇人，从老房子里捧了被子出来，追着阳光走。阳光走到哪儿，她们就把被子晾到哪儿，一边拍打着被子，一边闲闲地说话。她们看到诧异的我，笑着对我说："我们在赶太阳呢。"脸上是一派的安详。

赶太阳？多好的一个词语！我在这个词语前驻足，从此铭记在心。每当我觉得寒冷的时候，觉得灰心失望的时候，我就把这个词语掏出来，暖一暖。人生不是被动地接受，更是主动地追求，才能获得你所需要的温度。

二

连续的阴雨，天像破了似的，滴答滴答个没完没了。家里的衣物，摸上去都是潮乎乎的——连人也似乎是潮乎乎的人了。南方的梅雨天，总是让人难耐。

小孩子却没有这样的感觉，雨天里他们照旧玩得兴高采烈的。他们穿了雨鞋，偏寻着洼地积水走，一脚踩下去，溅起水花一朵朵，乐得他们哈哈笑。

5岁的小侄儿，也跟着别的孩子，去踩洼地的积水玩。还叠了一些小纸船去放，边放边唱着别人不懂的歌。孩子的快乐，简单透明，无关天气。又一阵雨来，他被"捉"回家。他四下里看看，突然问我："姑姑，你有彩笔吗？我想画画。"

我赶忙找了纸笔来，他握笔在手，大刀阔斧地作画。他先画一幢房，房子歪歪扭扭的，上面开满门和窗。我问："为什么画这么多的门和窗啊？"

小侄儿答："是为了让小猫小狗进来呀，还有小鸟进来呀，还有小兔子小熊进来呀……"我失笑不已，小侄儿大概准备开动物园了。

他又开始画树和花。树很不成规矩地挤在一起，高的矮的，胖的瘦的，有弯着长的，有斜着站的，一律是山花插满头，花朵儿小果子似的挂着。

问他："哪有树是这样长的？"

小侄儿不屑地一撇嘴："本来就是这样长的呀。"

后来，他画了一个大太阳，光芒长得恨不得拖到地上。又唰唰几笔，给大太阳加上了一对硕大的翅膀。

我说："太阳怎么长了翅膀呢？"

小侄儿头也不抬地说："太阳本来就有翅膀啊，下雨的时候，它飞出去玩了，一会儿，它还会飞回来的。"

感动。原来，无论天空如何阴霾，太阳一直都在的，不在这里，就在那里，因为，它长了一对会飞的翅膀。

向着美好奔跑

阳光的影子,拓印在窗帘上,似抽象画。鸟的叫声,没在那些影子里。有的叫得短促,唧唧、唧唧,像婴儿的梦呓。有的叫得张扬,嗒嗒、嗒嗒,如吹号手在吹号子。

我忍不住跑过去看。窗台上的鸟,"轰"的一声飞走,落到旁边人家的屋顶上,叽叽喳喳。独有一只鸟,并不理睬左右的声响,兀自站在一棵矮小的银杏树上,对着天空,旁若无人地拉长音调,唱它的歌。一会儿轻柔,一会儿高亢,自娱自乐得不行。

鸟也有鸟的快乐,如人。各各安好。

也便看到了隔壁小屋的那个男人,他正站在银杏树旁。——我不怎么看得见他。大多数时候,他小屋的门,都落着锁,阒然无声。

搬来小区的最初,我很好奇于这幢小屋,它的前面是别墅,它的后面是别墅,它的左面是别墅,它的右面还是别墅。这幢三间平房的小屋，淹没在别墅群里，活像小矮人进了巨人国。

也极破旧。墙上刷的白石灰已斑驳得很，一块一块，裸露出里面灰色的墙面。远望去，像一堆空洞的眼睛，又像一堆张开的暗哑的嘴。屋顶上，绿苔与野草纠缠。有一棵野草长得特别茂盛，茎叶青绿，在那里盘踞了好几年的样子。有时，黑夜里望过去，我老疑心那是一只大鸟，蹲在那儿。孤单着，独自犹疑着，不知飞往何处去。他的小屋，没有灯光。

隐约听小区人讲过，他的父母先后患重病去世，欠下巨额债务，家里能变卖的东西，都变卖了。妻子耐不住清贫，跟他离了婚，并带走他们唯一的女儿。他成天在外打工，积攒着每一分钱，想尽早还清债务，接回女儿。

他的小屋旁，有巴掌大一块地，他不在的日子，里面长满野藤野草。现在，他不知从哪儿弄来一把锄头和铁锹，一上午都在那块地里忙碌，直到把那块地平整得如一张女人洗净的脸，散发出清洁的光。

他后来在那上面布种子，用竹子搭架子。是长黄瓜还是丝瓜还是扁豆？这样的猜想，让我欢喜。无论哪一种，我知道，不久之后，都将有满架的花，在清风里笑微微。那我将很有福气了，日日有满架的花可赏，且免费的。多好。

男人做完这一切，拍拍双手，把沾在手上的泥土拍落。太阳升高了，照得他额上的汗珠粒粒闪光。他搭的架子，一格一格，在他跟前，如听话的孩子，整齐地排列着，仿佛就听到种子破土的声音。男人退后几步，欣赏。再跨前两步，欣赏。那是他的杰作，他为之得意，脸上渐渐浮上笑来。那笑，漫开去，漫开去，融入阳光里。最后，分不清哪是他的笑，哪是阳光了。

　　生活或许是困苦的、艰涩的，但心，仍然可以向着美好跑去。如这个男人，在困厄中，整出了一地的希望。——一粒种子，就是一蓬的花、一蓬的果、一蓬的幸福和美好。

许明天一个梦想

我妈要扩种两亩荠菜地。

她信心百倍地对我说，等这两亩地上，全种上了荠菜，我可发大财了。

世事在变，不过几十年的工夫，有的已变得面目全非。我们除了接受，别无法子。荠菜——这种过去纯粹的野菜，现在，也被广泛种植，成家养的菜了。

我很怀念从前挑荠菜时的野趣。那时，一入春，乐事里的一大件，就是去寻荠菜。田间地头，到处都晃动着我们的小身影，眼睛紧紧盯着草丛。那些新冒出的小草，跟荠菜几乎同一色，一样的翠绿柔嫩，似乎掐上一把，凉拌拌就能吃。不过，我们都没拌过小草吃，我们只吃荠菜。那当口，眼神儿一定要尖，寻着了，高兴得心花怒放，欢呼声响成一片。采回家去，烧荠菜豆腐汤，鲜得透心。如果运气好，还能吃上荠菜饼、荠菜饺子，那跟过节差不多，简直要让人乐上天去。就是单单加了油盐爆炒一下,也是好吃的,也能诱惑得我们多添上一碗饭。

我妈不懂什么野趣不野趣的,她天天蹲在野地里,她就是野趣中的一个。我妈现在一门心思要种荠菜。她尝到了甜头,一个春上,她挑荠菜卖,居然攒下五千多块钱。

她喜滋滋地掰着手指头,给我们算账,说,明年,再多种上两亩地,我就能赚成万的钱了。到那时,我也是个有钱人喽,想买什么吃,就买什么吃。想买什么穿,就买什么穿。

我笑着看她,七十多岁的老太太,被这个美好的愿望点燃着,兴兴的,竟露出欣欣向荣的样子来。

我有点羡慕我妈了。一年四季,春种秋收,她的心里,从不落空,总有个梦想在支撑着她。

想起多年前,听过的一首歌,旋律好听。歌名更是起得好,叫《一千零一个愿望》。里面的歌词亦很励志:

> 心里有好多的梦想,未来正要开始闪闪发亮,就算天再高那又怎样,踮起脚尖,就更靠近阳光。

动画做得很精美,画面上,一头可爱的小猪,正努力地攀爬着一棵大树。它爬呀爬呀,摔下来一次又一次,怎么也爬不上去,却一点也不气馁。因为,梦想就在树上朝着它招手,一团的碧绿,一团的繁花似锦。而月亮和星星,闪耀着光芒,就挂在树梢头。

我被那头小猪感动了。更确切地说,我被一种叫梦想的东西感动着。只有心怀梦想,未来才会闪闪发光。

我们也曾如那头小猪一样，怀揣着梦想，一路向前。也遇到过挫折，有过彷徨，但因为有梦想在，热情就在，日子还是倍感充实。

只是，从什么时候起，我们却丢失了梦想？我们丧失了激情、抱负和憧憬，在光阴里沉沦。我们不再眼神熠熠，斗志昂扬。我们在迷惘中迷惘，在失望中失望，迷迷糊糊地混着时光。一下子，春天过去了。一下子，秋天过去了。一下子，一年又过去了。我们会自己跟自己妥协，说老了，晚了，就这么将就着过吧。

晚吗？在一个书法展上，我认识了一个八十多岁的老书法家。他退休前，是一所大学的教授。他的书法，得到大家一致推崇，说有松柏之风，又骨骼奇秀，非几十年的功力不能够。寻问他，老人家笑眯眯地摇头，说，我才写了不到十年。他七十多岁了，才开始练的书法。

——面对这样的老人家，你还好意思说晚吗？

我们要在自己的心上，种点什么才是，种花好，种草亦行，总之，不让它荒芜就好。就像我妈那样，她要种多多的荠菜，赚多多的钱。许明天一个梦想，日子才会有着奔头。

每一棵草都会开花

去乡下，跟母亲一起到地里去，惊奇地发现，一种叫牛耳朵的草，开了细小的黄花。那些小小的花，羞涩地藏在叶间，不细看，还真看不出。我说，怎么草也开花？母亲笑着扫过一眼来，淡淡说，每一棵草，都会开花的。愣住，细想，还真是这样。蒲公英开花是众所周知的，黄灿灿的，像小菊花。即便结了，也还像花，白白的绒球球，轻轻一吹，满天飞花。狗尾巴草开的花，连缀在一起，就像一条狗尾巴，若成片，是再美不过的风景。蒿子开花，是大团大团的……就没见过不开花的草。

曾教过一个学生，很不出众的一个孩子，皮肤黑黑的，还有些耳聋。因不怎么听见声音，他总是竭力张着他的耳朵，微向前伸了头，作出努力倾听的样子。这样的孩子，成绩自然好不了，所有的学科竞赛，譬如物理竞赛、化学竞赛，他都是被忽略的一个。甚至，学期大考时，他的分数，也不被计入班级总分。所有人都把他当残疾，可有，可无。

他的父亲，一个皮肤同样黝黑的中年人，常到学校来看他，站在教室外。他回头看看窗外的父亲，也不出去，只送出一个笑容。那笑容真是灿烂，盛开的野菊花般的，有大把阳光栖在里头。我很好奇他绽放出那样的笑，问他，为什么不出去跟父亲说话？他回我，爸爸知道我很努力的。我轻轻叹一口气，在心里。有些感动，又有些感伤。并不认为他，可以改变自己什么。

学期要结束的时候，学校组织学生手工竞赛，是要到省里夺奖的，这关系到学校的声誉。平素的劳技课，都被充公上了语文、数学，学生们的手工水平，实在有限，收上去的作品，很令人失望。这时，却爆出冷门，有孩子送去手工泥娃娃一组，十个。每个泥娃娃，都各具情态，或嬉笑，或遐想，或跳着，或打着滚，活泼、纯真、美好，让人惊叹。作品报上省里去，顺利夺得特等奖。全省的特等奖，只设了一名，其轰动效应，可想而知。

学校开大会表彰这个做出泥娃娃的孩子。热烈的掌声中，走上台的，竟是黑黑的他——那个耳聋的孩子。或许是第一次站到这样的台上，他神情很是局促不安，只是低了头，羞怯地笑。让他谈获奖体会，他嗫嚅半天，说，我想，只要我努力，我总会做成一件事的。刹那间，台下一片静，静得阳光掉落的声音，都能听得见。

从此面对学生，我再不敢轻易看轻他们中任何一个。他们就如同乡间的那些草们，每棵草都有每棵草的花期，哪怕是最不起眼的牛耳朵，也会把黄的花，藏在叶间。开得细小而执着。

愿全世界的花都好好地开

我曾经非常不喜欢一个人,这个人算是我的邻居。

那时新婚。家里那人的单位给分房,我跟着那人住。大院子里,一排青砖红瓦房,唇齿相依地紧挨着,我们住其中一间。

这个人住我们家隔壁。有女儿比我小不了几岁,大学快毕业了。女儿骨架大,脸庞子也大,算不得好看,像他。

从前他是当兵的,据说都做到正团级了。日常行事待人,就很有点跋扈。又喜喝酒,一喝醉了就骂人。三天两头的,听到他在隔壁叫骂,大嗓门撞击着薄薄的墙体,震得墙上的石灰粉,都要掉下来。

为人也小气、抠门。大院子里一孩子过生日,大伙儿凑钱去买礼物,给那孩子庆生。找来找去,却找不到他。隔一天,他回来,说是回老家了。

单位分西瓜,他第一个冲上去,在一堆瓜里面左挑右拣,几乎把每一只瓜都拿手上掂量过了,拣了两只最大的。

因工作需要，他时常出差。每每出差归来，他都要骂爹骂娘一阵子，牢骚满腹，抱怨着外面伙食的欠缺、住宿条件的简陋、工作的繁琐。

他的女儿病了，百日咳嗽。咳得山也震动水也震动的。

他们家尝试了很多治疗方法，不见好。

后来，他不知从哪里得一民间偏方，用枇杷叶煎水喝。

我们那儿没有枇杷树。

他去乡下找，装了满满一麻袋扛回来。

夏日午后，蝉在树上都困了，一院子的静悄悄。他独坐在一圈树荫下，面前一盆清水，一堆枇杷叶。他拿刷子仔细刷着每一片枇杷叶，把上面的绒毛和尘粒刷净。树的浓荫，在他身上晃动，水波一样晃动。他的身上，发出粼粼的光。

我是从那一刻起，对他生了好感。这世上，人没有绝对的好坏，再强硬的外表下，也有他柔软的一面。就像在沙砾中、残垣上、岩缝里，也有花开明艳。

每个人的心中都有一朵花。

我只愿，全世界的花都好好地开。

《诗经》里的那些情事

单相思

"关关雎鸠,在河之洲。窈窕淑女,君子好逑。"这是我从小就会背的诗句,那时背得摇头晃脑,因它的朗朗上口。幼小的心,不懂,却觉得美。有大人开玩笑,这丫头聪明,都会背《诗经》了,做我家的媳妇儿好不好?我仰头脆脆地应,好。哪里知道,自己所背诵的诗里面,是一段刻骨的相思呢。

那应是一处天好地好人好的地方,雨水充足,物草丰美。天高云淡,雎鸠一唱一和地在河两岸叫着,叫得人的心,像吸足了水分的青草啊,轻轻一掐,就是满把的柔情。年轻男子,相遇到美丽的姑娘了。姑娘在干吗呢?姑娘正在河中央的陆地上采荇菜呢。隔着半条水域望过去,可以望见姑娘可爱的手臂,不停地左右舞动着,美丽的腰肢,也跟着扭动。年轻男子再也放不下这个姑娘了,"寤寐求之""寤寐思服",白天夜里都在想着她啊。他辗转反侧地叹：悠哉悠哉。

我每每读到这里，都要笑出泪来。我想象着那样的夜晚：天黑得很深很深，星星在天上眨眼睛，四周俱寂。远远的，雎鸠的鸣叫传过来，搅得男子的心，更是如擂小鼓。他睡不着，他辗转反侧地长吁短叹，悠哉悠哉。意思是，想啊想啊想啊……长夜难度。他一定想得形削骨瘦的。那个被他相思的少女，多么幸福！

他后来，有没有娶到她？那好像不重要了，重要的是，《关雎》中，他留给我们的相思形象，足足打动了人类几千年。

《泽彼》中的小青年就更有意思了。应该是初夏的天，新蒲长出嫩叶来，池塘里的荷也婷婷。小青年在池塘边偶然碰见一位姑娘，姑娘长得真是高大健美啊，"有美一人，硕大且卷"，小青年只一眼，就再难相忘。于是相思了，而且不是一般的相思，"寤寐无为，涕泗滂沱"。你看你看，他无论醒着还是睡着，眼前都是姑娘的影子啊，他不知怎么办才好，伤心得一把鼻涕一把眼泪的。

现代人却难以怀上这样的单相思了，爱上谁，电话邮件短消息，轮番轰炸。恋情来得迅速，去得也迅速。今日结束，明日又重新披挂上阵。那只叫相思的鸟儿，已找不到栖落的枝了。让人惆怅，让人备怀念，《诗经》中的那些傻男人们，他们纯洁如白月光的单相思，成了温润心灵的一块琥珀。

热 恋

"青青子衿，悠悠我心。"这是《子衿》中守在城门楼下的女子，对爱的表白。意思是，你青色的衣领子，也绵绵地牵系着我的心啊。原来，爱上一个人，连他穿的衣，连他佩的饰物，都要爱的。她约了相爱的男子，到城门楼下相会。是约在月上柳梢头么？天还未黑呢，她可能就梳洗打扮好了，早早来到约会的地方。男子哪里知道她这么早就来了呢，自然没来，她于是焦急徘徊地等，一边想念着，一边跺着脚埋怨着："纵我不往，子宁不嗣音？"纵使我不去找你，你也该主动点儿呀，哪怕捎个口信给我也好啊。热恋中的人儿，一分一秒的分离，也觉漫长。所以她挑兮达兮，一日不见，如三月兮。让我们也跟着她着急，替她伸长了脖子眺望，那个穿青衣的男子，来了没？

《褰裳》中的小女子，就爱得更为火辣了，如一锅四川麻辣汤，轻抿一口，那热辣，就直逼人的心窝窝。她把约会的地点，放在一条河边，她站在河这边等着，不知什么缘故，约会中的男子，迟迟没来。河水缓缓地流着，她一边眺望着河水，一边在心里发着狠："子不我思，岂无他人？狂童之狂也且！"那意思是，本姑娘漂亮着呢，你不爱我想念我，难道就没有他人么？爱我的人排着队候着呢，你这个大傻瓜！每读至此，我都忍不住大笑，这实在是个泼辣可爱的姑娘，如一朵野玫瑰，一朝绽开，那芳香就不管不顾地倾溢出来。

《采葛》则把热恋中的这种等待推向极致，通篇全是一个人的自言自语，却千转万回，缠绵宛转。"彼采葛兮。一日不见，如三月兮！"她与他，因什么原因，而有了短暂别离？不得而知，只知道姑娘在等他，看到葛草要想到他，看到萧草要想到他，看到艾草，还是要想到他，从一日不见如三月兮，到如三秋兮，再到如三岁兮，那分分秒秒的时间，多么让人难挨！心爱的人，你什么时候才能来？

热恋中的人，一个世界都可以不要的，眼里心里全是你，纵使你普通得如一株芨芨草，在他（她）的眼里，你也是九天的仙女、骑着白马而来的王子。

我们都曾做过这样的仙女、这样的王子。它使我们在回味人生的时候，有别样的甜蜜和幸福。

等　爱

梅艳芳唱的《女人花》，我怕听。她唱得实在太哀婉悱恻，应了她的人生。像秋夜里的一滴露，"啪嗒"一声，滴落在心头，内心顿时一片荒凉。是啊，花开不多时，堪折直须折，女人如花花似梦。

几千年前，有个少女，在《诗经》里，也是这般唱着的。这个少女唱的不是花，她唱的是梅子："摽有梅，其实七兮。求我庶士，迨其吉兮。"这个时候，她还青春年少，她提着筐子，徜徉在梅树旁，树上的梅子，已黄熟了，在纷纷落。地上三分，树上七分。少女望着梅树上的梅子，联想到她自己，青春也是那梅子啊，眨眼间，就熟了，就掉了，她却还没有意中人。她有些害羞地唱，喜欢我的小伙子啊，你快趁着青春好时光来找我呀。可是，爱她的人，却没有来。树上的梅子眼看着掉到只剩三分了，她焦急地唱，求我庶士，迨其今兮。也就是说，喜欢我的小伙子啊，你不要再等了，你今天就来吧。满树的梅子，终于落尽，她的青春也快要过去了，她还是没等来爱她的人。她无奈地唱，求我庶士,迨其谓之。她不再幻想谈一场缠缠绵绵的恋爱了,来不及了,来不及了,如果有小伙子现在喜欢她,就可以直接订下婚约把她娶回家的。

通篇《摽有梅》,不着悲凉,却字字凉透。等爱的心,看不见被谁伤了,却被伤得千疮百孔。

我认识一好女子,三十多了还未嫁。当初也曾有男孩,死心塌地地爱过她,她没有接受,她想等等再说。这一等,就等到花瓣凋落。我对她说,找个好人嫁了吧。她一脸无奈地看着我,说,我也想啊,可是,到哪里去找呢?

替她感伤。好男人早在青春的路上,被人劫持了。尘世的缘分,原都是一场花开,花期过了,花事也就尽了。

盼 归

很早就知道"首如飞蓬"这个成语,但不知道,首如飞蓬竟是出自《诗经》中的。当有一天,我翻到诗经中《伯兮》这一篇,我的眼睛在首如飞蓬上停住了,我实在吃惊于首如飞蓬的背景,竟是一个女人盼丈夫归的。"自伯之东,首如飞蓬。岂无膏沐,谁适为容",女人的丈夫,从军远征去了,女人想他,想得无心打扮,致使头发如风吹乱的枯草一样堆在头上。不是没有很好的润发油啊,只是我打扮了给谁看呢?长期的思念,使她心头郁结满了忧伤。这样深刻的想念,实在让人动容!

我想起一个妇人来,妇人的丈夫,早年去台湾,一直未归,留妇人孤身一人。妇人终年一件蓝布褂,头发乱草堆似的堆在头上，脸色灰暗，不言不语地走路、干活。小孩们背后都叫她疯婆子。这样一个疯婆子，某一天，却突然打扮得光艳照人，大红的线衣穿在身上。已灰白了的发，被抿得纹丝不乱。原来，她去台湾的丈夫回来看她了，她为他，梳妆打扮。大家叹，她原来也是这么好看的啊。一周之后，她丈夫却归台，在那里，他早已另娶了太太。妇人什么话也没说，折叠起大红的线衣，换上她的蓝布褂，重又陷入一个人的"首如飞蓬"里。

这样的盼归，在另一篇《风雨》中，终于有了完满结局。"风雨凄凄，鸡鸣喈喈"，外面风大雨大，鸡们在不安地鸣叫，女人的丈夫，出门未归。他出外多久了？或许十天，或许半个月。女人不眠，为他提着一颗心，这么大的风，这么大的雨，亲爱的人啊，你是否被风吹着了，被雨淋着了？女人因此想得害了病。就在这时，奇迹出现了，女人的丈夫竟冒着风雨突然归来。那巨大的惊喜，哪里能形容呢？女人只呆呆地看着他，说一句："既见君子，云胡不夷！"哦，亲爱的，你回来了，我也就心安了。当确信眼前的这个人，真的就是她亲爱的丈夫啊，女人抚摸着丈夫的脸，终于喜极而泣，"既见君子，云胡不喜！"纵使外面天崩地陷，又何妨呢？你回来了，一切便好了。

世间的恩爱，原都是这个样子的，几千年来，都是这个样子的，那就是，亲爱的，只要你平安着，我也就开心了。

一方水土养一方人

酥儿饼

我的家乡富安人说话，带着好听的儿话音。譬如说花，我们不说"花"，而是说"花儿"。说草，我们不说"草"，而是说"草儿"。舌尖轻轻一卷，那个"儿"字，像带了尾音的哨声似的，轻轻吐出。生硬的地方方言，立马变得柔软起来。

外地人初听，不懂。譬如说酥儿饼，他们会问，哪个"酥"？哪个"儿"？其实，这饼的叫法，直白得不能再直白了，因为层层起酥，所以叫"酥饼"。但富安人说话都带着儿话音呀，酥饼就成"酥儿饼"了。

酥儿饼是富安人的传统茶点。相传，当年乾隆皇帝下江南，路过此地，品尝到这一茶点，赞不绝口。酥儿饼的名声，从此传播开去，成为富安人的骄傲。

说来也奇，这种小饼，只富安人做得，外乡人明里暗里学着做,却鲜有成功的。有的做出来形似,但味道,比起正宗的富安酥儿饼,可就差远了。所以很多外地人,想吃正宗的富安酥儿饼了,都会不远百里千里,专程跑到富安老街去。

酥儿饼并不是一年到头都有得吃的,它的供应,集中在每年春节前后,可持续到清明。就像花有花期一样,只有等到花期,你才有花可赏。这叫念想。酥儿饼也有饼期的。我想,勤劳朴实的富安人,在这小小的饼里面,一定也寄托了这样的念想。人生有所等待、有所期盼,才有意思的吧。

酥儿饼的做法,貌似不复杂,主料是面粉,揉成团后包馅。馅有咸、甜两种,咸的馅由鲜肉、葱花、盐和味精调制而成。甜的馅由赤豆沙、桂花和蔗糖调制而成。包好的面团,放到油锅里煎。煎成后的酥儿饼,像一朵朵微开的金菊,花瓣羞涩地舒展,欲开不开。从里到外,层层起酥,入口酥松香脆。

功夫是在手底下的,这揉面,这做馅料,这油温,哪一样都要拿捏到位。做饼的老师傅,揉着手上的一团面粉,抬起花白的头,冲我微微一笑。他做酥儿饼已46年。他祖上的祖上,就是做这个的。

粉皮汤

几乎每个老富安人,都会摊粉皮。

我小时候的印象里,祖母最拿手的菜,就是做粉皮汤。每到饭时,祖母会在一个瓷钵子里,放上一点山芋粉,用清水调匀。饭锅里的水刚好烧沸,祖母把瓷钵子放到沸水里,用手快速转动瓷钵子，转呀转呀转，山芋粉便均匀地在钵底钵沿摊开、凝固。眨眼工夫，粉皮成了。揭下来，放在案板上晾一晾。薄薄的一层，光滑、透明，照得见人影儿。祖母总是很得意地说，我摊的粉皮，像仿纸。

晾好的粉皮，被切成一片一片，和了蚕豆瓣一起煮汤。或随便抓一把咸菜放里面。烧出来的汤，白而黏稠，鲜美无比，打嘴不丢。富安人有句话来形容它，富安的粉皮赛鱼皮。一顿饭，别的菜不用做，只做这一样，就可以让你多吃上两碗饭。

成年后，我很少再回家。祖母也故去了，粉皮汤终成了记忆。有一次，我想得厉害，就买来山芋粉，自己尝试着做，循着记忆中祖母的做法。居然摊成了。薄薄的一层，光滑、透明，照得见人影儿。我想起一些旧时光来：午时的阳光，照着门前的一丛大丽花。祖母把摊好的粉皮，对着光亮处照一照，祖母的脸，在里面晃。祖母得意地说，我摊的粉皮，像仿纸。

人生中，有些影响，是根深蒂固的，是烙在骨子里的。无论你走多远、走多久，也不会丢失。

鱼汤面

鱼汤面常见，好多地方都有。但富安的鱼汤面，称得上一绝。

"绝"，首先绝在熬汤的鱼上。鱼是取的野河里的小鲫鱼。富安人认为的野河，是指少有人到过的河，它只管自在地流来流去，少喧闹，少污染，恬恬然。这样的河里，生长的鱼，也是恬恬然的，肉质格外鲜嫩。

有心的饭店老板，傍晚去野河里下网捕鱼，清水养着。凌晨三四点，起床取鱼，剖肚洗净，用猪油下锅，沸至八成。陆续放鱼入锅炸爆，起酥捞起。将炸过的鱼，连同猪骨头，加入河水慢慢熬，熬出稠汤，葱酒去腥，再用细筛过滤清汤。放入虾米少许。撒入切碎的香菜，奶油样的面汤上，便浮起一点点翠绿，格外好看。面用的是上等细面，下至八九分熟，捞起，浇上滚烫的鱼汤。这样的鱼汤面，鲜美、香醇，吃上一口，唇齿留香。食客们早就候着了，有人为吃上第一锅鱼汤面，五点多就起床来排队。

有富安人在外地，想把富安的鱼汤面，推广到外地去。他按家乡的做法做了，熬汤的鱼，也是选的野鲫鱼，却做不出家乡的味道来。后来，他托人从富安带去一桶河水，这鱼汤，才算做成了。原来，离了富安的水，那鱼汤就不是富安的鱼汤了。

一方水土养一方人，诚然如斯。

让每一个日子，都看见欢喜

一个从小在都市长大的女孩，受过良好教育，通音律，会钢琴，还出国留过学。回国后，她在城里拥有一份让人称羡的工作，生活安逸无虞。一次偶然机会，她去大山里游玩，被大山深深吸引住了，从此魂牵梦萦。

后来，女孩毅然决然放弃了城里的热闹与繁华，跑到大山里，承包了土地种梨树。从没握过农具的手，在挖下第一个土坑时，手上就起了血泡。疼，疼得钻心。前来看她的母亲，抱住她哭，求她，我们回去吧。她却执意留下。当昔日的同事，坐在开着空调的咖啡厅里，听着音乐，品着咖啡时，她正顶着烈日，在给梨树施肥除草。渴了，就弯腰到山泉边，捧上一口溪水喝。累了，就和衣躺到草地上，头枕着山风，休息一会儿。

熟悉她的人，没有一个不说她犯傻。读了二十多年的书，接受了那么多现代教育，最后却把那些统统丢弃了，跑到大山里做起山民，这人生过得还有意义吗？

有记者拿了这个问题去采访女孩。女孩没有直接回答，而是带了记者去她的梨园。一路上，野花遍地，女孩边跑边采。时有调皮的小松鼠，从林中蹿出来，女孩冲它招招手。鸟亦多，两年的山里生活，女孩已能叫出不少鸟的名字了。梨花刚开过，青青的果，花苞苞似的冒出来。女孩轻轻掀开一片叶，让记者看她的梨。女孩说，你看，它们一天一天在长大，将会有好多人吃到它们的甜。

女孩是真心实意喜欢上山里的日子，清静，碧绿，还有鸟叫虫鸣常伴左右。女孩说，在这里，我每天都望见欢喜，我觉得很幸福。

女孩的故事，让我想起老家的烧饼炉子。烧饼炉子在老街上，我小的时候，它就在。摊烧饼卖的，是个男人，高高的个头，背微驼。他把揉好的面，摊在案板上，手持一根小棍，轻轻轧，轧成圆圆的一块。再挖一大勺馅，加到里面。把它揉圆，再摊开，撒上芝麻，贴到烧红的炉子边缘上。旁边等的人，会不时关照两句，师傅啊，多放点馅啊。师傅啊，多撒点芝麻啊。他一一答应。

他的烧饼炉子，一摆就是四十多年。他靠它，把两个女儿送进大学。如今，女儿出息了，一个在北京，一个在深圳，都有房有车，要接他去安享晚年。他去住了两天，住不惯，又跑回来，守着他的烧饼炉子。每天清晨五点，他准时起床，生炉子，和面，做馅。不一会儿，上学的孩子来了，围住他的烧饼炉子，小鸟似的，叽叽喳喳地叫，爷爷，多放点馅啊。爷爷，多撒点芝麻啊。他笑眯眯地应着，好，好。

你看，这一茬又一茬人，是吃着我的烧饼长大的，他呷一口浓茶，望着街上东来西往的人，无比安然地说。那只茶杯，紫砂的，也很有些年代了。问他，果然是。跟他三十年了，都跟出感情来了，成了他须臾不离的亲密伙伴。

人生到底怎样活着才有意义？我想，遵从内心的召唤，认认真真地活着，让每一个日子，都看见欢喜，这或许才是它最大的意义所在。

低到尘埃的美好

一

家附近,住着一群民工,四川人,瘦小的个头。他们分散在城市的各个角落,搞建筑的有,搞装潢的有,修车修鞋搞搬运的也有。一律的男人,生活单调而辛苦。天黑的时候,他们陆续归来,吃完简单的晚饭,就在小区里转悠。看见谁家小孩,他们会停下来,傻笑着看。他们想自家的孩子了。

就有孩子来了,起先一个,后来两个、三个……那些黑瘦的孩子,睁着晶亮的大眼睛,被他们的民工父亲牵着手,小心地打量着这座城。但孩子到底是孩子,他们很快打消不安,在小区的巷道里,如小马驹似的奔跑起来,快乐地。

一日,我去小区商店买东西,在商店门口发现了那群孩子。他们挤挤攘攘在小店门口,一个孩子掌上摊着硬币,他们很认真地在数,一块,两块,三块……

我以为他们贪嘴，想买零食吃呢，笑笑走开了。等我买好东西出来时，看见他们正围着卖女孩子头花的摊儿，热闹地吵着："要红的，要红的，红的好看！"他们把买来的红头花，递到他们中的女孩子手里。又吵嚷着去买贴画，那是男孩子们玩的，贴在衣上，或是墙上。他们争相比较着哪张贴画好看，人人手里，都多了一份满足。

再见到他们在小巷里奔跑，女孩子们黄而稀少的发上，一律盛开着两朵花，艳艳地晃了人的眼。男孩子们的胸前，则都贴着贴画。他们像群追风的猫，抛撒着一路的快乐。

二

去一家专卖店，看中一条纱巾。浅粉的，缀满流苏，无限温柔。

爱不释手，要买。店主抱歉地说，这条不卖，是留给一个人的。

便好奇，她买得，我为什么买不得？你可以让她去挑别的嘛。

店主笑，给我讲了一个故事。故事的主人公，是个女人，女人先天性眼盲。家里境况又不好，她历尽一些人生的酸苦，成了盲人按摩师。女人特别喜欢纱巾，一年四季都系着，搭配着不同的衣服。

也是巧合了，女人那日来她的店，只轻轻一抚这条纱巾，竟脱口说出它的颜色，浅粉的呀。这让店主大为诧异。她当时没带钱，走时一再关照店主，一定要给她留着。

我最终都没见到那个女人。但我想，走在大街上，她应该是最美的那一个。有这样的美在，人世间还有什么样的艰难困苦不能逾越的？

三

朋友去内蒙古大草原。

九月末的大草原，已一片冬的景象，草枯叶黄。零落的蒙古包，孤零在路边。朋友的脑中，原先一直盘旋着"天苍苍，野茫茫，风吹草低见牛羊"的波澜壮阔，直到面对，他才知，生活，远远不是想象里的诗情画意。

主人好客，热情地把他让进蒙古包中。扑鼻的是呛人的羊膻味，一口大锅里，热汽正蒸腾，是白水煮羊肉。怕冷的苍蝇，都聚集到室内来，满蒙古包里乱窜。室内陈设简陋，唯一有点现代气息的，是一台十四英寸电视，很陈旧的样子。看不出实际年龄的老夫妻，红黑的脸上，是谦和的笑，不住地给他让座。坐？哪里坐？黑不溜秋的毡毯，就在脚边上。朋友尴尬地笑，实在是落座也难。心底的怜悯，滔滔江水似的，一漫一大片。

却在回眸的刹那，眼睛被一抹红艳艳牵住。屋角边，一件说不出是什么的物什上，插着一束花。居然是束康乃馨，花朵朵绽放，艳红艳红的。朋友诧异，这茫茫无际的大草原，这满眼的枯黄衰败之中，哪里来的康乃馨？

主人夫妻笑得淡然而满足，说，孩子送的。孩子在外读大学呢，我们过生日，他们让邮递员送了花来。

那一瞬间，朋友的灵魂受到极大震撼，朋友联想到幸福这个词，朋友说，幸福哪里有什么标准？原来，每个人有每个人的幸福。

我在朋友的故事里微笑着沉默，我想得更多的是，那些低到尘埃里的美好，它们无处不在。怜悯是对它们的亵渎，而敬畏和感恩，才是对它们最好的礼赞。

我愿做一只陶罐

一

我每天早起的第一件事，就是问候一下我的花草们。一夜好睡，它们的心情看上去都不错。也有在梦中悄然绽放的，它怕是自己也不知。想它早起，猛然一转身，看到自己头上顶着一朵花，肯定要大吃一惊了，咦，我什么时候开花了？——这么想着一棵植物，我笑起来。我会为它的盛开鼓掌。

也有光长叶不开花的。我也为那些叶子们欢喜。能做一片叶子，也是好的。有什么不好呢？宇宙之大，各有各的存在和轨迹。相对于存在本身来说，无所谓伟大和渺小。我祝愿开花的好好开花，长叶的好好长叶。

我祝愿一切生命，长成它自己想要的样子。

二

有阳光的时候,我让一朵或几朵阳光,爬上我的身体,从眉毛,到嘴唇,再到心脏。

我也就成为一个发光体了,光芒万丈。

我会对同样在阳光下的那个人说,我爱。

为什么不说呢?有这么好的阳光,有这么好的世界,而我们,是多么好的两个人。

不辜负这份好。那么,就在还能清晰地表达爱意的时候,多说几声,我爱,我爱!

三

吃柚子的时候,我把柚子肉细细掏尽,壳晾在窗台上。一些天后,它就成了很好的器物。

装花,是再好不过了。

前些日从南通带回的一篮子花,搁家里很久了。是一个小女孩送的。她读我写的书,喜欢得很,用花来表达她的喜欢。小女孩长着一张百合花似的脸,字也写得极其秀气,我看到花时,就很自然地想到她。想她长大后的样子,灼灼其华,谁才配得上她呢?

这么久了,一篮子的花,自动风干成干花。

我修修剪剪,把它们装到柚子花器中。退一步看,好看。进一步看,还是好看。左看右看,上看下看,就是好看。好看得要命。

一个上午,我因这一柚子的花,开心不已。

这世上不缺少快乐,缺少的是一颗,寻找快乐的心。

四

读书。越读书越觉得自己的浅薄。

我从不否认,我的能力很有限,才华也很有限。

谁能做到登峰造极呢?谁也不能。我们一辈子,最虔诚的生活态度是,永远做个小学生。学无止境。

五

我们人,就好比各式各样的容器,或大或小,或精致或粗陋。大有大的用途,小有小的用途。比方说,青花瓷里插一枝梅花,或一枝荷,当十分优美。瓦罐里养上一蓬铜钱草,会很是生机勃勃。关键是,你要让你这个"容器"里,有相应的内容好装。

如果让我选择,我愿做一只陶罐,上面开满小雏菊。

世上的美,是多方位的,多层次的。而你我,都是美的一种。

美的感知

秋日的午后，我去医院看望我的老父亲，他身体里好些"机器零件"已完全失灵，出入医院成为家常。我提着带给他的一堆儿东西——面包、水果、八宝粥、卷纸、毛巾，一路慢慢走过去。我没有选择乘车，实在是因为，我太喜欢走路了，它让我可以不时抬头看天，低头见花。我也因此总能有新的发现，新的收获。每一次走路，在我，都是一场美妙的旅行。

紫薇继续在做着绮丽的梦，把些红颜色紫颜色白颜色，一点点涂上身，流光溢彩。我站定，看它们，每回看，都有新的柔软碰触我的心。植物的活法，岂不是人的活法？人类从它们身上，总能学到点什么，比如热情，比如执着，比如慷慨。我又想到那样的诗句"青瓷瓶插紫薇花"，这简朴的清供，实在动人。日子的美好，原在这样的简朴中。

海棠的叶子掉得快，一棵树上，只剩为数不多的叶子，明黄着，褐红着。枝条上却有晚开的几朵花蕾，羞涩地绽放出一点粉，一点红，实在叫我惊喜啊。它们就像开窍晚的孩童，只要你肯付出一点耐心，它们也会走进自己的锦绣光阴里。栾树霸气外泄，跟个武则天似的，一边开花，一边炫耀着它的大丰收，光芒四射。也难怪，它有足够底气，花朵金黄，果实彤红，都是艳丽得不能再艳丽的。我冲它赞许地点点头，内敛也不全是好事情，该炫的时候，还是适当地炫炫吧。不然，这世界该少去多少色彩和生机啊。草地上的彼岸花成群结队，血红血红的，这是故意扮演精灵鬼怪出来吓人哩。我被它们逗乐了，弯腰对它们说，你们这点小把戏，能吓住谁呢？银杏树开始描黄，叶子们在黄绿之间雀跃着。秋渐深，大自然的散学典礼快举行了。它们都是优秀的毕业生。

　　我又抬头看天，这是我最喜欢做的事。我以为没有什么事物的语言，比天空的语言更生动。这时的天空，带给我的，除了震撼，还是震撼，透明的、干净的，像溪水一般流淌的天幕上，白云朵驾着风马在赛跑。又仿佛有着上千顷的茅花，齐齐盛开，随风飘拂。

　　有好一会儿，我如禅定了一般，站着，就那么傻傻望着天空。我的心，像一颗小小的贝壳，被巨大的美冲击着、洗刷着，变得圆润晶莹。等我见到我的老父亲时，我一直在笑着，我告诉躺在床上的老父亲："爸，你知道现在外面的天空有多美吗？天蓝得像个蓝瓷瓶哎，而那些白云朵，就像是插在蓝瓷瓶里的白茶花。"

　　我的老父亲静静躺着，听我描述，听着听着，他脸上浮上笑。是的，我把这个美的天空也带给了他，让他感到，他从未与这个世界脱节，他还活在这样的美好里。

这是美的感知。人类需要的，正是这种感知美的能力，使寻常的活着，有了趣味。当我们拥有这样的能力，我们才会发现，美，无处不在。一枚跳动的叶子，是美的。一只迷路的蜜蜂是美的。风吹过栾树的声音是美的。两个老人相互搀扶的背影是美的……

我把我的所见，分享给我的一个朋友。她时常对我抱怨，说她的生活是多么多么无趣，整天沦陷在俗世的琐事中，无力挣扎，早已忘却快乐是怎么一回事了，心里常无来由地堵得慌。我建议她，每天匀出五分钟，抬头看看天空，低头看看大地，你的心境，会慢慢发生变化的。

我想，再忙的人，每天五分钟的时间总能挤出的吧？五分钟，我们可以等一个月亮升起来。可以听一朵花唱唱歌。可以看夕照染红一条河。可以陪着一只蜘蛛织出半张网。天空和大地的内容，实在太丰富了，丰富得我们的眼睛和心灵，根本装不下，生活又何来的无趣呢？当我们握住这五分钟的空闲，慢慢地，我们迟钝的神经，会复苏。天地间的美，才真正成为我们生活的一部分。

第三辑　花未央，人未老

掌心化雪

那个时候，她家里真穷，父亲因病离世，母亲下岗，一个家，风雨飘摇。

大冬天里，雪花飘得紧密。她很想要一件暖和的羽绒服，把自己裹在里面。可是看看母亲愁苦的脸，她把这个欲望压进肚子里。她穿着已洗得单薄的旧棉衣去上学，一路上冻得瑟瑟。她想起安徒生的童话《卖火柴的小女孩》，她想，若是她也有一把可供燃烧的火柴，该多好啊。——她实在太冷了。

拐过校园那棵粗大的梧桐树，一树银花，映着一个琼楼玉宇的世界。她呆呆站着看，世界是美好的，寒冷却钻肌入骨。突然，年轻的语文老师迎面而来，看到她，微微一愣，问："这么冷的天，你怎么穿得这么少？瞧，你的嘴唇，都冻得发紫了。"

她慌张地答："不冷。"转身落荒而逃，逃离的身影，歪歪扭扭。她是个自尊的孩子，她实在怕人窥见她衣服背后的贫穷。

语文课，她拿出课本来，准备做笔记。语文老师突然宣布：

"这节课我们来个景物描写竞赛,就写外面的雪。有丰厚的奖品等着你们哦。"

教室里炸了锅,同学们兴奋得喳喳喳,奖品刺激着大家的神经,私下猜测,会是什么呢?

很快,同学们都写好了,每个人都穷尽自己的好词好语。她也写了,却写得索然,她写道:"雪是美的,也是冷的。"她没想过得奖,她认为那是很遥远的事,因为她的成绩一直不引人注目。加上家境贫寒,她有多自尊,就有多自卑,她把自己封闭成孤立的世界。

改天,作文发下来,她意外地看到,语文老师在她的作文后面批了一句话:"雪在掌心,会悄悄融化成暖暖的水的。"这话带着温度,让她为之一暖。令她更为惊讶的是,竞赛中,她竟得了一等奖。一等奖仅仅一个,后面有两个二等奖、三个三等奖。

奖品搬上讲台,一等奖的奖品是漂亮的帽子和围巾,还有一双厚厚的棉手套。二等奖的奖品是围巾,三等奖的奖品是手套。

在热烈的掌声中,她绯红着脸,从语文老师手里领取了她的奖品。她觉得心中某个角落的雪,静悄悄地融了,湿润润的,暖了心。那个冬天,她戴着那顶帽子,裹着那条大围巾,戴着那副棉手套,严寒再也没有侵袭过她。她安然地度过了一个冬天,一直到春暖花开。

后来,她读大学了,她毕业工作了。她有了足够的钱,可以宽裕地享受生活。朋友们邀她去旅游,她不去,却一次一次往福利院跑,带了礼物去。她不像别的人,到了那里,把礼物丢下就完事,而是把孩子们召集起来,温柔地对孩子们说:"来,宝贝们，我们来做个游戏。"

她的游戏，花样百出，有时猜谜语，有时背唐诗，有时算算术，有时捉迷藏。在游戏中胜出的孩子，会得到她的奖品——衣服、鞋子、书本等，都是孩子们正需要的。她让他们感到，那不是施舍，而是他们应得的奖励。温暖便如掌心化雪，悄悄融入孩子们卑微的心灵。

你并不是个坏孩子

一个自称叫陈小卫的人打电话给我,电话那头,他满怀激动地说:"丁老师,我终于找到你了。"

他说他是我十年前的学生。我脑子迅速翻转着,十来年的教学生涯,我换过几所学校,教过无数的学生,实在记不起这个叫陈小卫的学生来。

他提醒我,"记得吗?那年你教我们初三,你穿红格子风衣,刚分配到我们学校不久。"

印象里,我是有一件红格子风衣的。那是青春好时光,我穿着它,蹦跳着走进一群孩子中间,微笑着对他们说:"以后,我就是你们的老师了。"我看到孩子们的脸仰向我,饱满,热情,如阳光下的葵。

"我当时就坐在教室最北边一排啊,靠近窗口的,很调皮的那一个,经常打架,曾因打破一块窗玻璃,被你找到办公室谈话的。老师,你想起来没有?"他继续提醒我。

"是你啊！"我笑。记忆里，浮现出一个男孩子的身影来，隐约着，模糊着。他个子不高，眼睛总是半睁着看人，一副桀骜不驯的样子。经常迟到，作业不交，打架，甚至还偷偷学会抽烟。刚接他们班时，前任班主任特意对我着重谈了他的情况：父母早亡，跟着姨妈过，姨妈家孩子多，只能勉强管他吃穿。所以少教养，调皮捣蛋，无所不为。所有的老师一提到他，都头疼不已。

"老师，你记得那次玻璃事件吗？"他在电话里问。

当然记得。那是我接手他们班才一个星期，他就惹出一件事来，与同桌打架，打破窗玻璃，碎玻璃划破他的手，鲜血直流。

"你把我找去，我以为，你也和其他老师一样，会把我痛骂一顿，然后勒令我写检查，把我姨妈找来，赔玻璃。但你没有，你把我找去，先送我去医务室包扎伤口，还问我疼不疼。后来，你找我谈话，笑眯眯地看着我说，以后不要再打架了，你打了人，也会让自己受伤的对不对？那块玻璃你也没要我赔偿，是你掏钱买了一块重安上的。"他沉浸在回忆里。

我有些恍惚，旧日时光，飞花一般。隔了岁月的河流望过去，昔日的琐碎，都成了可爱。他突然说："老师，你做的这些，我很感动，但真正震撼我的，却是你当时说的一句话。"

这令我惊奇。他让我猜是哪句话，我猜不出。

他开心地在电话那头笑，说："老师，你对我说的是，你并不是个坏孩子哦。"

就这么简单的一句话，却让他记住了十来年。他说他现在也是一所学校的老师,他也常找调皮的孩子谈话,然后笑着轻拍一下他们的头,对他们说一句:"你并不是个坏孩子哦。"

一句话,对于说的人来说,或许如行云掠过。但对于听的人来说,有时,却能温暖其一生。

一朵栀子花

从没留意过那个女孩子，是因为她太过平常了，甚至有些丑陋——皮肤黝黑，脸庞宽大，一双小眼睛老像睁不开似的。

成绩也平平，字写得东扭西歪，像被狂风吹过的小草。所有老师极少关注到她，她自己也寡言少语。以至于有一次，班里搞集体活动，老师数来数去，还差一个人。问同学们缺谁了。大家你瞪我我瞪你，就是想不起来缺了她。其时，她正一个人伏在课桌上睡觉。

她的位子，也是安排在教室最后一桌，靠近角落。她守着那个位子，仿佛守住一小片天，孤独而萧索。

某一日课堂上，我让学生们自习，而我，则在课桌间不断来回走动，以解答学生们的疑问。当我走到最后一排时，稍一低头，突然闻到一阵花香，浓稠的，蜜甜的。窗外风正轻拂，是初夏的一段和煦时光。教室门前，一排广玉兰，花都开好了，一朵一朵硕大的花，栖在枝上，白鸽似的。我以为，是那种花香。再低头闻闻，不对啊，分明是我身边的，一阵一阵，固执地绕鼻不息。

我的眼睛搜寻了去，就发现了，一朵凝脂样的小白花，白蝶似的，落在她的发里面。是栀子花呀，我最喜欢的一种花。忍不住向她低了头去，笑道："好香的花！"她当时正在纸上信笔涂鸦，一道试题，被她肢解得七零八落。闻听我的话，她显然一愣，抬了头怔怔看我。当看到我眼中一汪笑意，她的脸色，迅速潮红，不好意思地嘴一抿。那一刻，她笑得美极了。

余下的时间里，我发现她坐得端端正正，认真做着试题。中间居然还主动举手问我一个她不懂的问题，我稍一点拨，她便懂了。我在心里叹，原来，她也是个聪明的孩子呀。

隔天，我发现我的教科书里，不知什么时候多了一朵栀子花。花含苞，但香气却裹也裹不住地漫溢出来。我猜是她送的。往她座位看去，便承接住了她含笑的眼。我对她笑着一颔首，是感谢了。她脸一红，再笑，竟有着羞涩的妩媚。其他学生不知情，也跟着笑。而我不说，只对她眨眨眼，就像守着一段秘密，她知道，我知道。

在这样的秘密守候下，她发生了翻天覆地的变化，活泼多了，爱唱爱跳，同学们都喜欢上她。她的成绩也大幅度提高，让所有教她的老师，再不能忽视。老师们都惊讶地说："呀，看不出这孩子，挺有潜力的呢。"

几年后，她出人意料地考上一所名牌大学。在一次寄我的明信片上，她写上这样一段话："老师，我有个愿望，想种一棵栀子树，让它开许多许多可爱的栀子花。然后，一朵一朵，送给喜欢它的人。那么这个世界，便会变得无比芳香。"

是的是的，有时，无须整座花园，只要一朵栀子花。一朵，就足以美丽其一生。

比时光更坚强

他出生的时候,亲人们还不曾来得及欢喜,就跌进了深不见底的冰窟窿中——他居然,是个脑瘫儿。前路遥遥,漆黑一片,不见一丝光亮。

痛得最锥心的,是他的母亲,那个叫陈立香的女人。十月怀胎,有过多少美好的想象啊!想象他的帅气与聪明,想象他的活泼与可爱,却从不曾想过,他会脑瘫。

无数的日夜,她对着他,泪流成河。他却无知无觉。两岁多了,还听不见声音,不会说话不会走路,眼睛斜视嘴巴歪着……

她抱他入怀,肌肤贴着肌肤,有种奇异的感觉,穿心而过。那是他传递给她的温度。即使他痴着傻着,他依然是她最疼的骨肉。

母爱在那刻长成参天的树。她为他,辞去工作,专门回家带他。她给他唱儿歌、背唐诗、讲故事……日子一天叠着一天,日月轮转。她在日月轮转里,早早地白了头,却有一个信念不倒,那就是,她宝贝的意识只是睡着了,她会唤醒他。

她真的唤醒了他。他开口说话了，虽然吐字不清，可在她听来，不啻天籁。后来，他又开始学走路了，一步一步，每一步的迈进里，都有她虔诚的欢呼和期待。到达上学年龄，她做出重大决定，要送他去上学。

所有人都觉得不可思议，他虽然可以说话可以走路了，但行动并不利索，与同龄孩子的伶俐相比，相去甚远。有人劝她，"别折腾了吧，他现在勉强能说能走，已是最大造化，你还要怎的？"

她却坚定着自己的坚定，一定要让他读书识字，让他和其他正常孩子一样。费尽周折，她把他送进了学校。

从此，他一个人独自背着书包去上学。一路上，他摔过不知多少跟头，她就在后头跟着，却狠着心不去扶他，一任泪水在她脸上肆意流。

他手握不住笔，她想尽办法，用布条子，把笔缚在他手上。于是纸上留下一道一道歪歪扭扭的线条，那是他写的字。她看着笑了，在她眼里，那是盛开的花瓣……

一路千山万壑走下来，这一走，就是二十年。二十年的时间，足以磨平许多耐心。她却一直没有放弃，时时守在他身边，一点一点为他积攒，那束叫作希望的炭火。终于在他二十岁那年，那些炭火，化作熊熊大火燃烧——他考上大学了！

他进大学读书时，有记者得知他的经历，很感动，特地采访他。他激动得脸憋得通红，讷讷半天，在一张纸上深情地写道："感谢妈妈！"

她知道了，热泪长流。

二十年的含辛茹苦，这世上，除了母亲，谁还能做到这样的坚持？

爱的语言

鸡年春节联欢晚会后，大家谈论得最多的是舞蹈《千手观音》，众口一词，都说好，震撼人。

当《千手观音》节目上场时，我的眼前，突然晃过一片湖，宁静，优雅，神秘，高贵，那是天鹅憩息的一片湖啊，千变万化的舞姿，醉倒眼睛。以为眼花，不及穿衣，跳下床，跑电视机跟前看。真的，那千真万确是一片湖，音乐满载着月色，跌宕开来，一片手臂在乐曲声中缓缓扬起，如次第开放的花瓣，在空中盛开；又如一些柔嫩的翅膀，划着轻风，翩翩而飞，无声无息。透明，纯净，直抵心灵。心，猝不及防被击中。这世界，最动人的，原是这样的无声之爱。

来不及跟朋友道新年祝福，只发一个信息告诉他，《千手观音》好。朋友回，是。对话如此简单，却全部明了。湿湿的感动蕴于心，如春回大地时那柔柔的草。原来，生命可以卑微，但不可以放弃，如果坚持，一样可以把春天驮在肩上。

领舞的女孩叫邰丽华,两岁时因高烧注射链霉素失去听力,从此告别有声世界。7岁那年她进了聋哑学校,有一节课上,老师踏响木地板上的象脚鼓,把震动传给学生。当"嘭嘭嘭"的有节奏的震动通过双脚传遍邰丽华小小的身躯时,她被从未有过的幸福感袭裹了,她看见彩色的音乐飞起来。从此,她找到了与世界沟通的桥梁,用舞蹈来表达她内心的爱,锲而不舍。

我一直在想一个问题,假如《千手观音》由一群健康健全的女孩来跳,肯定也会跳出这样的效果,但给人的震撼却要大打折扣。当21个聋哑女孩,如精灵似的,在舞台上徐徐舒臂的时候,我们惊叹的是,她们怎么可以舞得这么完美呢!——我们感动的,原是一种精神,一种对生命执着的热爱。

爱的语言,原可以不用说出,用手臂,就可以缓缓表达。

一个动作因此而成了经典,它表达的主题只有一个:爱,是我们共同的语言。

这世界,总有什么,能迅捷击中我们柔软的心扉,让它在一瞬间开启。而之后,我们会更懂得珍惜,珍惜爱,珍惜幸福,并且学会生活与创造。

蓝色的蓝

她报出她的姓时，我们都讶异极了。"蓝，蓝色的蓝。"她笑着说，红唇鲜艳。继而介绍她的名，居然单单一个字，蓝。她的名字，蓝蓝。那会儿，我们正站在蓝蓝的湖边，蓝蓝的天空倒映在湖中，如一大块蓝玉。她的名字，应和了眼前景，如此诗意，真是让人妒忌得很。

我们一行人游西藏，她是半道上加进来的。之前，她一个人已游完拉萨，还在一家医院里，做了一天的义工。"也没做什么啦，就是帮人家拿拿接接的。"她满不在意地大笑起来，灿若一朵木棉花。五十多岁的人，看上去不过四十出头，靓丽明艳。小导游喊同团稍上年纪的女人"阿姨"，却叫她，蓝蓝姐。她乐得眉毛眼睛都在笑。

我们都羡慕她的明媚和精神气。几天的西藏行走，我们早已疲惫不堪，高原反应也还在折磨着，一个个看上去灰头土脸的，她却饱满得枝叶葱茏。"你真不简单。"我们由衷地夸。她听了，哈哈大笑，开心极了。

她爱笑，热情，说话幽默。一团的人，分别来自不同地方，彼此间有戒备，一路上都是各走各的，少有言语。她的到来，恰如煦风吹过湖面，泛起浪花朵朵。众人受她感染，都变得活泼起来亲切起来，有说有笑的。原来，都不是冷漠的人哪。

很快的，她跟全团的人混熟了。这个头疼，她给止疼药。那个腹泻，她给止泻药。有人削水果，不小心被刀划破了手，她伸手到口袋里一掏，就掏出几枚创可贴来。仿佛她会变魔术。大家对她敬佩和感激得不得了，她却轻描淡写地说："这没什么，我只不过多备了点常用药。"

西藏地广路遥，从一个景点到另一个景点，往往相距一两千里，要翻越许多座山，涉渡许多条河。天未亮，我们就摸黑上路，所有人都睡眼惺忪，根本来不及收拾自己，只把自己囫囵塞进车子了事。她却披挂完整，眼影、眉线、口红，样样不缺，妆容精致，光彩灼灼，跟画里的人似的。我们忍不住看她一眼，再看一眼，心里生出无限的感喟与感动来。

知道她的故事，是在纳木错。

面对变幻无穷风光诡异的圣湖，她孩子一样地欢呼奔跑，然后，双膝突然跪下，泪流满面。我们都吓一跳，正愣怔着不知怎么办才好时，听到她喃喃地说："感谢上帝，我来了。"

原来，她身患绝症已两年。医生宣判的那会儿，她只感到天崩地塌。她在意过很多，得失名利，都曾是她生命的主题曲。她玩命地去争，甚至因此忽略了家庭，让自己憔悴不堪。当她知道自己的日子，只剩下短短三个月时，曾经双手紧握着的那一些，都成浮云了,她只要自己能活。

她开始重新打理自己的生活。养花种草。出门旅游。还常常跑去做义工。生命变得充盈起来,每天清晨睁开眼,看到窗外的一缕阳光,她的心里总会腾起一阵欢喜,"感谢上帝,我又拥有一天!"她把每一天,都当作是崭新的,是重生。所以,心中时时充满感激。她活过了医生断定的三个月。活过了一年。活过了两年。还将活下去。

我们听得涟漪四起。生命本是如此珍贵,当爱惜。我们不再说话,一起看湖。眼睛里,一片一片的蓝,相互辉映交融。那是湖的蓝。天的蓝。广阔无垠。

萝卜花

萝卜花是一个女人雕的,用料是胡萝卜。她把它雕成一朵一朵月季的模样,花盛开,很喜人。

女人在小城的一条小巷子里摆摊,卖小炒。女人卖的小炒只三样:土豆丝炒牛肉,土豆丝炒鸡肉,土豆丝炒猪肉。一个小气罐,一张简易的操作平台,木板做的,用来摆放锅碗盘碟,女人的小摊子就摆开了。

女人三十岁左右,个子不高,瘦瘦的,长相普通。却爱笑,什么时候见着她,都是一副笑意融融的模样,看得人心里生暖。惹眼的,还有她的衣着。整天沾着油锅的,应该很油腻才是,她却不。她的衣着极干净,外面罩着白罩衣,白得纤尘不染。衣领那儿,露出里面的一点红,是红毛衣,或红围巾的红。过一会儿,白罩衣有些脏了,她就换下来——她手边备着好几套。

让人惊奇且欢喜的是,女人每卖一份小炒,必在装给你的碗里，放上一朵她雕的萝卜花。这样才好看，女人笑着说。

不知是因为女人的干净，还是她的萝卜花，女人的摊前总围满人。五块钱一份小炒，大家都很有耐心地等着。女人不停地翻炒，装盘，放上一朵萝卜花。于是，一朵一朵的萝卜花，就开到了人家的饭桌上。

我也去买女人的小炒，去的次数多了，跟女人渐渐熟了。知道女人原先有个殷实的家，男人是搞建筑的。一次意外中，男人从尚未完工的高楼上摔下来。女人倾尽家里所有，才抢回男人的半条命。

接下来的日子怎么过？年幼的孩子，瘫痪的男人，女人得一肩扛一个。她考虑很久，决心摆摊卖小炒。有人替她担心，街上那么多家饭店和小排档，你卖小炒能卖得出去吗？女人想想，也是，总得弄点和别人不一样的东西。于是她想到了雕刻萝卜花。当她坐在桌旁，安静地雕着萝卜花时，她被自己手上的美好镇住了，一根再普通不过的胡萝卜，眨眼之间，竟能开出一小朵一小朵的花来。女人的心，充满了期待和向往。

女人的小炒摊子，很快成为小城的一道风景，一到饭时，大家不约而同相互招呼一声，去买一份萝卜花吧。也就都晃到女人的摊前来了。

一次，我开玩笑地问女人，攒很多钱了吧？女人低头笑，麻利地翻炒着一锅土豆丝炒牛肉，说，也没多少，够过日子吧。一小朵一小朵的萝卜花，很认真地开在她手边。

一些日子后，女人竟盘下一家小酒店。她把瘫痪的男人接到店里管账，她负责配菜。女人还是一如既往的，爱笑，衣着干净。在所有的菜肴里,她都爱放上一朵萝卜花。菜不但是吃的,也是用来看的呢,她笑着说。眼睛亮着。一旁的男人,气色也好,没有半点颓废的样子。

女人的酒店,慢慢地出了名。大家提起萝卜花,都知道。

爱,是等不得的

他是母亲一手带大的。

他的母亲与别人的母亲不太一样。他的母亲因患侏儒症,身材异常矮小。

他的父亲——一个老实巴交的泥瓦匠,家徒四壁,等到40岁才娶了他母亲。一年后,他出生了,白白胖胖,像一轮满月,把父母卑微的心,照得亮堂堂的。父母的日子,因他的到来,有了奔头。

他6岁那年,父亲去帮邻居家盖房,从房梁上摔下来,掉下的一根横梁,刚好砸到父亲身上。那时,他正在不远处的土路上,逗着一只蟋蟀玩。从此,他没了父亲。

矮小的母亲,一个人拉扯着他,吃尽苦头。夜幕四合,母亲还未归。一大清早,母亲就背着一背篓的绣花鞋垫,去集市上卖。那些鞋垫,是母亲坐在灯下,一针一线绣的。母亲靠卖鞋垫贴补家用。他坐在门前的矮凳上数星星,等母亲。矮小的母亲是他的天。他对母亲说:"等我长大了,我一定报答你。"

母亲笑了,笑出泪来,问他:"怎么报答呢?"他说:"我给你买一屋子的好东西吃,我给你买一屋子的好衣裳穿。"母亲把他搂到怀里,搂得紧紧的,母亲说:"吃的妈不要,穿的妈也不要,等你长大了,带妈坐一回飞机吧。"

乡野广阔,狗尾巴草和车前子长满沟渠,母亲在割草。他欢快地喊:"妈妈,我比你高了!"是的,他才八九岁的人,个头已超过矮小的母亲了。头顶上突然响起飞机的声音,母亲抬起头看,他也抬起头看。空中的飞机有点像他见过的花喜鹊。"花喜鹊"飞远了,看不见了,母亲这才收回目光。母亲说:"这都是有本事的人坐的。有本事的人坐了飞机,到很远的地方去。"他问:"很远的地方是什么样的?"母亲也没去过很远的地方,母亲就想象,"有很多很多的高楼,高楼里的桌子、椅子,都漂亮得不得了。"他郑重地向母亲承诺:"以后我要做有本事的人,带你坐飞机,到很远的地方去看高楼。"

他一天天长大,一路念书,把书念到城里,真的成了有本事的人。他住进了母亲曾描绘过的高楼里,高楼里有漂亮的桌子、椅子。他也常常乘像花喜鹊一样的飞机,南来北往。母亲对他崇拜不已,母亲问:"你真的坐飞机了?"他淡淡地说:"嗯。""坐飞机像不像坐船,会不会晕?"母亲充满好奇。

他觉得母亲好笑。一低头,他瞥见母亲头上的白发,一撮一撮的。永远像儿童一般矮小的母亲,原来也会老的。他的心一软,说:"妈,等我有空了,我带你去坐飞机。"母亲低头笑,笑得很不好意思,"不坐不坐,我都这么老了,坐飞机干什么啊?"

他蹲下身子看母亲，认真地说："我一定带你去坐。"母亲没再说什么，但神情，很喜悦。

他也终于抽出空来，订好机票，打电话告诉母亲，要带她去坐飞机。母亲激动得逢人便告："我儿要带我去坐飞机了。"她还特地扯了布，做了一身新衣裳。

他回去接母亲，半路上突然接到上司的电话。上司说公司来了一个重要客户，问他是否有空陪着一起吃饭。他只犹豫了几秒钟，就回："没问题。"他想，飞机票可以重签，母亲晚一天出行也无妨。

然而这天晚上，母亲却意外摔倒了。摔倒之后，母亲还神志清醒，跟一旁的人说："我儿要带我去坐飞机呢。"可渐渐地，就不行了。第二天凌晨，母亲没等到他赶到，咽下最后一口气。

他跪到母亲跟前，恸哭不已。只不过一日之隔，他的爱，就再也送不出去了。

花未央，人未老

我和那人，静静地站在一座桥上。

桥下是河。河不宽阔，因久未浚通，整条河便显得很有些野性十足的了。

河边多杂草。白茅、蒿子、艾、狗尾巴草、野豌豆、看麦娘，总有不下几十种的。它们相融相生，不吵不闹，和睦亲厚。

这里远离闹市。天是它们的天，地是它们的地，河水为邻，清风做伴，它们心思单纯，日子简单。

这才有了动人的天真。

是的，天真。每一棵草，都是天真的。它们只认真地做着它们的草，不慕热闹，不慕荣光，随遇即安，自成风景。

那人忽然笑起来，说，我知道你在看什么。

我也笑了，说，我也知道你在看什么。

婚姻多年，我们对彼此太了解了。我在看河岸边的花。他在看水，猜测着水里面会有什么样的鱼。

一定有鱼的，他说。

我微笑，眼光一直盯着那些花。

花在杂草丛中。我是第一眼就看到了的，并在心里面准确地叫出它们的名字。两三串红。四五朵紫。还有两簇浅淡的粉。红的是红蓼。紫的是野牵牛。粉的是一年蓬。

没有一朵花不是美的。

它们的容颜是美的。它们的姿态是美的。它们安静的微笑，也是美的。我以为，人类一切的美，都源于花朵。它们是诗和画。是音乐和舞蹈。是艺术中的艺术。它们是真性情真热爱。

想起呼伦贝尔大草原上的野玫瑰。它们点缀着山坡，点缀着河谷，点缀着草原，点缀着草原人的梦境。年老的牧羊女，安静地坐在山坡上。她用手比画着给我看，春天，这满山坡都开着野玫瑰呀，又大又香，可好看了！

她说着说着，笑起来，又满足又安然。

我为她那句"可好看了"动容。视觉带来的愉悦，有时超过一切。而花朵，是视觉最大的福祉。

亦想起布达拉宫山顶的平台上，大朵大朵艳艳的大丽花，沸沸地开成一片。着喇嘛红僧衣的僧侣们，走过那些花旁，衣映着花朵，花朵映着衣，让人只觉得眼前都是光明灿烂。那画面，实在美极了。佛的世界，也离不开花的。一花一菩提。

武汉的木兰山上，我气喘吁吁登上山顶，被石缝里的一朵小野菊，摄去了魂。它从石缝里，挣扎着挺起大半个身子，撑起黄艳艳的一张小脸蛋，微笑着向我致意。那会儿，我想到悲剧的美。可是，又不是这样的，对于那朵小野菊来说，这根本无悲可言。活着,能盛开,就是圆满,就是快乐。

杭州的山沟沟里,满目是秋的衰败,一撮红,现身在悬崖峭壁之上。是些盛开的野杜鹃。清冷的山谷,立时有了温度。那日,我在悬崖下站了很久,仰望着那撮红,直到脖子酸。

是的,随便走到哪里去,我首先寻找的,必是花。遇见,必止步,细细端详,静静欢喜。

有花在开,这个世界,就仍有美好在。

几千里的奔波,我只是来看花的。

花未央,人未老。如此,甚好。

留 香

知道一种叫"留香"的米糕,缘于我的一个学生。学生到我这里来上写作课,每周一次,在周日下午。

周日这天,午饭的饭碗一搁,我的学生就从家里出发了。她手上抱一个纸袋,里面放着笔和纸,慢慢走,一边走,一边四处闲看。她要穿过两条巷道,一条颇现代,两旁开着这个吧那个吧,大白天也是彩灯灼灼的。一条却很古旧,像洗旧的蓝衫子,两边少有楼房,都是过去的老式平房,大门朝着街道开着。一些人家因地制宜,开起小店,卖些花花草草,做些小吃食。祖传秘方的小吃,大抵都藏在这条巷道里。

我那个学生顶喜欢从那条古旧的巷道过。她每次来,都兴奋地跟我说:"老师,从那里走真享受啊,鼻子里闻到的,都是香哩,花草的香,食物的香。"

高三学生,学业过重,像载重的骆驼似的,平日里少有机会放松。她借着学写作的名头,到我这里来,其实,也就是给自己偷得半天闲。我很高兴给她提供了这样的机会。常常我们不谈写作,一人一把椅子,搬去阳台上,对坐着,聊些好像与写作无关的话题。比如,在那条古旧的巷道里,她会遇到哪些好玩的人。

说起这个,我的学生健谈得不得了。她会一一向我介绍,卖花的,卖烧饼的,做鱼汤面的,卖馒头的。有个卖水果的老头,整天唱喏般地招徕顾客,"又大又红的枣子哟,不甜不要钱。"隔天换成:"又大又香的香蕉哟,不香不要钱。"我的学生学着老头的腔调,笑得不行。

生活是庸常的,却也是有趣的,这正是生活的迷人之处。我也跟着笑,鼓励她把这些写下来。某天,我的学生一见到我,就迫不及待告诉我:"老师,那里新开了一家米糕店,叫'留香'。名字好好听啊,糕也好好吃耶。"

"你吃过?"我对美食,向来难抵诱惑。

"嗯,好吃极了。老师,下次来我带给你吃。"我的学生大方地承诺。她突然笑起来,不可抑制的。我说笑什么呢?她说:"老师,那个做糕的女的,长得很像你。"

这不单单让我觉得有趣,更好奇了,是恨不得立刻奔过去看一看。我很想知道,能取出"留香"这个诗意绵长名字的女子,是不是真的跟我很相像。改天,没等我的学生带糕给我吃,我就寻了去。不大的门面,整洁着,上书"留香"两字。大门两侧,各在墙上吊一盆绿萝,绿的茎蔓,长长垂挂下来。进门去,藤桌藤椅,玄米茶在杯子里浅淡着,客人可随取随喝。这不像是米糕店,倒像是喝咖啡的。清新雅致的风格,很让我喜欢。

也终于见着做米糕的女子。初见她,我暗自笑了,我的学生太高抬我了，这个女子比我要年轻得多，漂亮得多。她看上去不过二十五六岁，有着一张蜜桃似的脸。一件简单的粉色卫衣套着，清秀干净。有客来，她微笑着招待，不言不语，却在举手投足间，给人以微风轻拂湖面的感觉。

客多。只一会儿，她的几大蒸笼米糕就见了底。我在边上，好不容易"抢"到两只，顾不得烫，咬一口，暄软香甜，真真是好吃。跟她讲："你怎么会做出这么好吃的米糕呢？"她也只是微笑，不说话，笑得天晴日暖。

再去，意外得知，她原来，竟是个失聪的。4岁那年，一场高烧，导致她再也听不见了。父亲因她的失聪，最后和她母亲离了婚。成长的路上，她遍尝艰辛，失望过，甚至绝望过。所幸后来遇到一卖米糕的老人，传她手艺，她便自己开了这个小店，取名留香，是为感激老人，要留住这生命的芬香。

把她的故事说给我的学生听。我的学生动容，半晌没言语。这年高考，我的学生语文得了高分，被一所很不错的高校录取了。据她说，写作文时，她写了这个做米糕的女子。

十亩间

我喜欢去逛小蓟的花店。

小蓟的花店,不大,却有个耐人寻味的名字:十亩间。这三个字,用白漆书写在一块褐色的原木上,挂在花店门前的墙旁,上面攀爬着绿的藤蔓。我每每总要为之驻目,我想起《诗经》里的句子:十亩之间兮,桑者闲闲兮,行与子还兮。——十亩桑田青青,采桑的姑娘多么悠闲轻盈,晚霞照拂着炊烟,她们采好桑叶,相伴着一起回家。那景象,我以为是人间烟火里最美的。

不知小蓟的店名,是不是取自这里。问他,这个大男孩笑了笑,没说是,也没说不是。他白白的牙齿上,晃动着阳光的影子。

他店里的花草品种也不是很多,常见的不过是些草花,桔梗、石竹、波斯菊、太阳花之类的。他还极喜欢侍弄些野花来长。用他亲自烧制的瓦罐长一年蓬。用他亲自设计的陶罐长三叶草和蒲公英。瓷盆子里,他长红蓼和紫花地丁。那些野花,经他的手一拨弄一摆放,立即光彩起来,雅致起来。是灰姑娘穿上水晶鞋了。

小蓟是学美工的。据说他在这行的学业很突出,曾有大公司开高薪聘他,小蓟没去。有人替他可惜,说:小蓟你傻啊,放着那么好的机会不去,开个小花店能赚几个钱啊,还这么辛苦。小蓟只是笑笑,回:我愿意。

小蓟把他长的那些野花,在店门口排成一排,也是沸沸扬扬的花世界了。大家见了,盯着左瞧右看,终恍然大悟,叫起来:小蓟,这不是野花吗?野花也可以这么长?

小蓟笑笑的,不解释。那些花与花器的完美搭配,却叫人无法挪步,最后都忍不住捧上一盆两盆回去,野花也当家花来养了。

我在小蓟的"十亩间"来来去去多了,有时会跟小蓟开玩笑,我说:小蓟,你话怎么这么少呢,话多了才会赢得更多的客人呀。

小蓟就笑,白白的牙齿上,晃动着阳光的影子。小蓟说:要说那么多话做什么呢,做好自己就是了。

我怔住,看着小蓟。他穿过他的那些花花草草去,竟也似其中的一棵或一朵了。

小蓟的"十亩间",一直在那儿,在一条普通的小巷子里。不大的一间屋,花的品种也还是那些个。但隔些日子不去,我会很想念,便又跑去了。小蓟还是那个样,微笑着,不多言说,只拨弄着他的那些花花草草盆盆罐罐,却让人觉得无比的安心和舒适。看着他,总让我觉得惭愧,想想我们日常说了多少的废话,淹没掉多少好光阴。有时,少言的人,却自带光辉,就像植物们从不说话,但在植物们跟前,你自然而然会敛神静气,心灵也跟着洁净起来。

幽幽七里香

三层小楼,粉墙黛瓦,阅览室设在二层。靠楼梯的一面墙上,满满当当的,摆的全是书。朝南的窗户外面,植着七里香。人坐在室内看书,总有花香飘进来,深深浅浅,缠绵不绝。

这是当年我念大学时,学校的阅览室。对于像我那样痴迷读书,而又无钱买书的穷学生来说,这间免费开放的阅览室,无疑是上帝恩赐的一座宝藏。在那里,我如饥似渴,阅读了大量的中外文学书籍。也是在那里,我初次接触到《诗经》,立马被那些好听的"歌谣"迷上。野外总是天高地阔的,我一会儿化身为那只在河之洲的雎鸠,一会儿又变身为采葛的女子,岁月绵远,天地皆好。

其实那时,我心卑微。我来自贫困的乡下,无家世可炫耀,又不貌美,穿衣简朴,囊中时常羞涩。在一群光华灼灼的城里同学跟前,我觉得自己真是又渺小又丑陋。

读书却使我的内心,慢慢儿的,变得丰盈。那真是一段妙不可言的光阴,每日黄昏,一下了课,我匆匆跑回宿舍,胡乱塞点食物当晚饭,就直奔阅览室而去。看管阅览室的管理员,是个三十多岁的年轻人,个高,肤黑,表情严肃。他一见我跑去,就把我看的《诗经》取出来,交我手上,把我的借书卡拿去,插到书架上。这一连串的动作,跟上了发条似的,机械连贯,滴水不漏。我起初还对他说声谢谢的,但看他反应冷淡,后来,我连"谢谢"两字也免了,只管捧了书去读。

读着读着,我贪心了,我想把它据为己有。无钱购买,我就采取了最笨的也是最原始的办法——抄写。一本《诗经》连同它的解析,我一字不落地抄着,常常抄着抄着,就忘了时间。年轻的管理员站我身边许久,我也没发觉,直到他不耐烦地伸出两指,在桌上轻叩,"该走了,要关门了。"语调冷冷的。我始才吃一惊,抬头,阅览室的人已走光,夜已深。

我不好意思地笑笑,归还了书。窗外七里香的花香,蛇样游走,带着露水的清凉。我心情愉悦,摸黑蹦跳着下楼,才走两级楼梯,身后突然传来管理员的声音:"慢点走,楼梯口黑。"依旧是冷冷的语调,我却听出了温度。我站在黑地里,独自微笑很久。

那些日子,我就那样浸透在《诗经》里,忘了忧伤,忘了惆怅,忘了自卑,我蓬勃如水边的荇菜、野地里的卷耳和蔓草。也没想过自己到底为什么要迷恋,也没想过自己日后会走上写作的路,只是单纯地迷恋着、挚爱着,无关其他。

很快,我要毕业了。突然收到一份礼物,是一本《诗集传楚辞章句》,岳麓书社出版的,定价七块六毛。厚厚的一本。扉页上写着:赠给丁小姐,一个爱读书的好姑娘。下面没有落款。

我不知道是谁寄的。我猜过是阅览室那个年轻的管理员。我再去借书，探询似的看他，他却无甚异常，仍是一副冰冰冷的样子，表情严肃。我又怀疑过经常坐我旁边读书的男生和女生，或许是他，或许是她。他们却埋首在书里面，无波，亦无浪。窗外的七里香，兀自幽幽的，吐着芬芳。

我最终没有相问。这份特殊的礼物，被我带回了故乡。后来，又随我进城，摆到了我的办公桌上。我结婚后，数次搬家，东迁西走，丢了很多东西，但它却一直都在。每当我的眼光抚过它时，我知道，这世界哪怕再叫人失望，也有一种叫美好的东西，在暗地里生长。

那个被你伤得最深的人

见过一个父亲的泪。他蹲在一堵高墙外,头上霜花点点,满身疲惫的风尘。他先是呆呆地望着街角一处,后来,他双手捂住脸,呜咽起来。双肩剧烈耸动,单薄的身影,看上去,像极秋深时,枝头挂着的一枚叶子,欲落不落。眼泪从他指缝处,漫溢出来,成小溪流。午后的阳光,照在上面,反射着晶莹的光,亮闪闪的惨痛,无遮无挡。高墙内,是看守所。他20岁的儿子,因跟人合伙抢劫,被关在了里面。

见过一个母亲的泪。车站,她来追她执意要远走的女儿。女儿打扮得时髦入时,长靴子短裙子,嘴唇抹得鲜艳欲滴。她却头发蓬松,衣着黯淡。她不住地恳求着女儿:"乖乖,妈妈求你了,你不要走啊……"女儿根本不耐烦听,一直别过头去不看她,回她的话,恶狠狠的,"你烦什么烦,我的事不要你管!"

女儿等的车,很快来了,女儿甩开母亲试图牵拉的手,跳上车去。这个母亲急得直拍车窗,口里叫着女儿的小名,"兰儿,兰儿,你不要走,你不要走。"惹得旁人纷纷侧目。车到底,还是开走了,做女儿的,连头都不曾回一下。她站在人来人往的车站,呆呆望着女儿远去的方向,蓝天白云都是痛啊。泪水从她脸上,成串成串落下。

见过一个丈夫的泪。他寻找离家出走的老婆,持了老婆的照片,站在路口,拖住每个过路的人,问:"你见过这个人吗?她是我老婆,我在找她。"问得嘴唇皲裂。一年之中,他走遍大半个中国,老婆的音信还是杳无。他把寻人信息发到他能发到的每个角落,拜托好心的人帮他留意。半夜三更,只要电话一响,他立马就奔过去看。一次,他得了消息,说某个大山沟里,一户人家买来的媳妇,很像他的老婆。他一路风餐露宿地寻过去,半路上体力不支,差点一脚摔下山崖。

后来的后来,老婆还真的被他寻着了。其时,她已再度嫁人,养得珠圆玉润,坚决不肯跟他回家。五大三粗一男人,没法子可想了,蹲在马路边,哭得号啕。

见过一个妻子的泪。丈夫背着她,挪用公款给同学做生意,结果同学生意失败,公款还不上了。丈夫害怕之下,选择了逃离,于一个清晨,撇下她,一去不返。她天天盼,日日等,夜夜泪湿枕巾,希望某天,丈夫突然归来,那将是多大的惊喜啊。

她鼓足勇气上了电视里的情感现场。面对着无数的观众,她潸然泪下,好几次语不成调,眉目间全是伤悲。她对着摄像镜头,呼唤着她的丈夫:"我求你了亲爱的,你快回来吧,哪怕是坐牢,我陪你一起坐。欠下的债务,我和你一起还。我们的日子还长着,你怎么忍心丢下我,一个人躲得远远的……"

这世上，被你伤得最深的那个人，往往是最爱你的那个人，你伤他（她）总是易如反掌，因为他（她）对你毫不设防。而在被你伤害之后，他（她）只会哭泣，从不知道反抗。

见字如面

我给一个女孩回信。

女孩远在武汉,是我的读者。她喜在纸上一笔一画,向我倾诉小心思。

我去楼下的报纸箱里取报纸,就看到躺在其中的牛皮纸信封。——这样的信封,我也常见到,里面多半塞着样刊样报,编辑给寄来的。但这一封不一样,撕开封口,里面掉出的,是两只粉色的"千纸鹤",和两朵风干的水仙花。

女孩很用心,她把她的信,折成千纸鹤了。又纯真,又美好。

展开,看她可爱的字,一个一个,落在纸上。每一个字,都像是春塘里的小蝌蚪,带着温度,带着春的好意。让人看着,心里暖,暖到生出绿的藤蔓来。

这种感觉,久违了。

是高中时,与要好同学暑假分别,竟也信来信往不断。说些什么呢?无非是今天的心情好不好。今天吃了什么,做了什么。

屋后的凤仙花开满墙脚。厨房顶上的丝瓜,又结了两条。却在信末,煞有介事写上一句:见字如面。

彼时,一字一字,落在纸上,都是欢笑,都是快乐。

大学时,离家远了,填补虚空与思念的最好办法,就是写信。最喜夜深人静,蚊帐放下,钢丝床上那一小块天地,都是自己的。这个时候,摊开信纸,伏在枕上,任由文字带着自己的思,自己的想,满世界飞去。给父母写,给兄弟姐妹写,给亲戚朋友写,给同学写,——甚至,给老家的邻居写。能想到的人,都给写了信去,连家里养的猫啊狗的,都给问候到了。是那样的万分诚恳,是那样的热情似火,说着爱,说着好,说着感激,说着想念。在信末往往会很认真地写上:见字如面。

见字如面。见字如面。每一个字,都那么深情款款,可触可摸。世界美好得很纯粹。

那会儿,穷学生没多少钱,但还是从生活费里,克扣下一些来,去买了漂亮的邮票和信纸。集邮也成了很多年轻人的爱好,来往信件多,花花绿绿的邮票自然也多。把信封上的邮票,小心剪下来,放水里稍稍泡一泡,邮票上面涂着的一层胶水,就会自动脱落。我有一本厚厚的集邮册,就是那时给攒下的。

每日也必去校门口,为的是,等那绿色的邮车驶过,想着那里面或许正躺着自己的信,倍觉亲切。一俟看到收发室门前的小黑板上,挂上自己的名字,总忍不住一阵耳热心跳。赶紧跳着去取了信,揣在胸口,生怕它像蝴蝶似的,给飞了。一路小跑,找个没人的地方,坐下来,慢慢读。这时,头顶上若有一树的花撑着,那是十分应景的。若是没有,也不要紧。风吹着,那信纸上的每一个字，都似花开。心情也跟着芬芳起来，如栀子。

那时，最富有的收藏，是信件。宿舍里有女同学，专门用一只红漆小木箱，装她的信件。她每每打开小木箱，脸上的表情，都是又温柔又甜蜜。她大多数信件，都来自一个瘦瘦高高的男生，同一个校园住着，却仍喜写了信来，字字都是道不尽的爱，说不尽的情。毕业后，他们没能牵手走下去，可那些信件，却成了一个青春，最丰盈的记忆。

很可惜的是，我的一堆旧信件，在数次的辗转迁移中，大多遗失了。一同遗失的，还有那栀子一般的心情。在暌别多年后，我终于重新拾起笔，坐在台灯下写信，我的手底下，温情迭起。见字如面。见字如面。想到收信的女孩，该是怎样的快乐，眉目含笑。我也变得，十分十分的快乐了。

幸运的你啊

你说你是个很不走运的人。出生于偏僻乡村,无家世可拼,无权势可倚,一个人,赤手空拳打天下,处处低人一等。多年拼搏,终于挤进城里来,也不过是觅得一份寻常工作,娶了个寻常的妻,生了个寻常的孩子,一家人挤在不足五十平的蜗居里。

你说这世界,处处都写着"不平"二字。你厌倦了你所做的工作,清水养鱼,再努力也升不了职发不了财。你看不惯太多的人、太多的事,它们偏偏如蝇虫相随。你抱怨生不逢时,没有慧眼识英才。你甚至对你居住的小区,也一日一日看不入眼,生了嫌弃的心。老式住宅楼,多的是底层平民,看上去,都是一副灰不溜秋的样子。你说,就像一群鸦,你也是其中一只。总之,你的日子里,有着太多的不如意。

你让我想起我的两个同事来。他们也曾如你一样,抱怨着这不公那不公的,好像全世界都欠着他们。直到有一天,单位例行体检,一同事被检查出肺部有暗影一团。医生断定,癌。那同事当即瘫倒，面色煞白，整个人感觉都不好了。他再也吃不下饭、睡不着觉，看上去就是一晚期癌症病人状。他揪住每一个前去看他的人，气若游丝地说，怎么偏偏是我得这种病？

后来他被送去外地大医院复查。复查结果，只是肺部感染，不是癌。那同事得知结果，狂喜得像中了头彩，他对着医生恨不得磕头，泪流满面地一个劲说谢谢。出得医院大门，他看天天也好，看地地也好。身旁走过的陌生人，也都是好的。街旁的花草树木，也都是好的。这世上，竟没有一样在他的眼里不是好的了。他说，算是死过一回的人了，总算明白了，世上太多事都不值得计较，能好好地活着，就是顶幸运的一件事了。

我的另一同事，双休日约了几家人一起出外游玩。路线早就选好了，酒店也都在网上预订了。然就在他收拾行李准备出门时，突然接到老家电话，说他老父亲在干农活时，摔断了腿。他真是恼火得很，不停地埋怨着老父亲，怎么早不摔断腿晚不摔断腿的，偏偏选他要出行的时候。但也没别的法子可想，只得取消行程，匆忙回家。

傍晚，他在老家，有消息忽然至，说出游的另几家，路上遭遇车祸，伤亡惨重。我这个同事当即吓出一身冷汗，呆立在原地，半晌没说出话来。事后，他越想越后怕，紧紧抱着他的老父亲，做梦般的，一遍一遍地说，我没出门，真是万幸哪！

你瞧，幸运其实一直都在的。很多时候，幸运不在于你有没有得到，而在于，你有没有失去。你守住了健康、平安和喜悦，你是幸运的；你晚上归家，家人一个都不缺，都好好地在着呢，你能陪着他们，享受着家常菜的馨香，你是幸运的；窗外风狂雨骤，你的蜗居虽不大，但足够你躲避风雨，你是幸运的；每日清晨，阳光重又爬上你的窗，你又拥有了新的一天，你是幸运的；黄昏时，你穿行于俗世的庸常里，路边花开灼灼，瓦肆之中，寻常烟火蒸腾，那一刻，你在。你说，你还要怎样的幸运？

第四辑　走着走着，花就开了

书香作伴

年少的时候,我曾热切地做过一个梦,一个有关书的梦:开一家小书店,抬头是书,低头还是书。

那时家贫,无钱买书。对书的渴望,很像饥寒的人,对一碗热汤的渴盼。偶尔得了几枚硬币,不舍得用,慢慢积攒着,等有一天,走上几十里的土路,到老街上去。

老街上最诱惑我的,不是酸酸甜甜的糖葫芦,不是香香喷喷的各色糕点,不是喜欢的红绸带,而是小人书。小人书是属于一个中年男人的,他把书摊摆在某棵大树下,或是巷道的拐角处。书大多破旧得很了,有的甚至连封面都没了,可是,有什么关系呢?它们在我眼里,是散着馨香的。我穿过川流的人群奔过去,我穿过满街的热闹奔过去,远远望见那个男人,望见他脚跟前的书,心里腾跳出欢喜来,哦,在呢,在呢。我扑过去,蹲在那里,租了书看,直看到暮色四合,用尽身上最后一枚硬币。

读小学时,我的班主任家里,订有一些报刊,让我垂涎不已。班主任跟我父亲是旧交，凭着这层关系，我常去他家借书看。他对书也是珍爱的，一次只肯借我一本。有时夜晚，借来的书看完了，我又想看另外的。这种欲望一旦产生，便汹涌澎湃起来，势不可当。怕父母阻拦，我偷偷出门，跑去班主任家，一个人走上五六里的路。乡村的夜，空旷得无边无际，偶有一声两声狗吠，叫得格外突兀，让人心惊肉跳。我看着自己小小的影子，在月下行走，像一枚飘着的叶，内心却被一种幸福，填得满满的。新借得的书，安静在我的怀里，温良、敦厚，让我有满怀的欢喜。

多年后，我想起那些夜晚，还觉得幸福。母亲惊奇，那时候，你还那么小，一个人走夜路，怎么不晓得害怕？我笑，我那时有书作伴呢，哪里想到怕了？那样的月色，漫着，水一样的。一个村庄，在安睡。我走在村庄的梦里面，怀里的书，散发出温暖亲切的气息。

上高中时，语文老师清瘦矍铄，爱书如命。他藏有一壁橱的书。我憋足了劲学好语文，只为讨得他欢喜，好开口问他借书。他也终于答应我，我想读书时，可以去他家借。

他家住在老街上，很旧的平房，木板门上的铜环都生锈了。屋顶上黛青色的瓦缝里，长着一蓬一蓬的狗尾巴草。这样的房子，在我眼里，却如童话中的小城堡，只要打开，里面就会蹦跳出无数的美好来。

是四、五月吧，他屋门前的一棵泡桐树，开了一树紫色的桐花，小花伞似的，撑着。我去借书，看到他在树下坐着，一人，一椅，一本书。读到高兴处，他拊掌大叹，妙啊！

他孩子气的大叹,让我看到人生还有另一种活法:单纯,洁净,桐花一般地美好着,与书有关。

后来,我离开老街,忘了很多的人和事,却常不经意地会想起他:一树的桐花,开得摇摇欲坠,他在树下端坐。如果我的记忆也是一册书,那么,他已成一枚书签,插在这册书里面。

而今,我早已拥有了自己的书房,也算实现了当初的梦想——抬头是书,低头还是书。若是外出,不管去哪里,我最喜欢逛的,定是当地的书店和书摊。

午后时光,太阳暖暖的,风吹得漫漫的,人在阳台上小憩,随便从书架上抽出一本书,摊膝上,风吹哪页读哪页。如果书也是一朵花,我这样想象着,如果是的话,那么,风吹来,随便吹开的一页,那一页,便是盛开的一瓣花。

人、书、风,就这样安静在阳光下、安静在岁月里,妥帖,脉脉温情。

数点梅花天地心

先说一件跟书有关的往事吧。那个时候,我七八岁,刚认识了一堆汉字,觉得神奇。家里清贫,无书可读,父亲有记账本,被我拿来当书读。这样的"求知欲",终于打动父亲,一天归来,他带给我一件礼物——一本小人书,《三毛流浪记》。那是父亲用他的口琴,跟别人换的。为这事儿,母亲埋怨地唠叨了他好几天。

那本小人书,对我来说,比布娃娃、比漂亮的衣裳、比好吃的糖果糕点,更加让我幸福,它胜过世上一切事物对我的吸引。我怀抱着它,一遍一遍看,甚至睡觉了,也把它放枕边。那些日子,世界单纯得,只剩下我和我的小人书。

可是有一天,我的小人书丢了。是弟弟趁我不注意,偷偷拿出去,跟一帮小伙伴炫耀,后来他们一起钻草堆,玩捉迷藏,玩着玩着,就把小人书给忘了。回头再找,哪里找得着?弟弟回来,哭丧着脸。我一听说小人书没了,立即号啕大哭,直哭得死去活来,天昏地暗。父亲母亲放下手里活计,帮着去找,他们几乎把全村的草堆都给掀翻了，也没找到我的小人书。结果是，我伤心得两顿没吃饭，而弟弟挨了一顿毒打，屁股肿得几天都没能落凳子。成年后，弟弟拿这事当笑话说，他说：姐啊，为你的小人书，我这辈子就挨了那一次打。我不说话，轻轻拥抱了弟弟，觉得很对不住他。

那时，村里有户人家，男人在一所中学做代课老师，家里订有一些报刊，我蹭饭似的蹭过去，借得一本两本来看。那户人家的儿子和我一般大，女主人每次拿书给我，都意味深长地说一句：读了我家的书，就要做我家的媳妇啊。我竟不介意，还认真地点头答应道：好。在那时小小的我的心里，只要有书可读，让我做什么都可以的。

我坐在田埂边读，割猪草的篮子放在一边。太阳渐渐沉下去，暮霭四起。我还舍不得合上书，就着天光看，随书里的人物，或悲，或喜，或微笑，或落泪，痴痴傻傻，竟不知要把猪草篮子装满了回家。有村人路过，自语：这丫头呆掉了。他们哪里知道，我盛着一篮子的快乐和好。清苦的童年，因有书的相伴，每一个日子，都有花在哗啦啦地开。

我就这样零零散散地读着，还备了摘抄本，遇到心仪的句子，会摘抄下来。也没深究为什么要读书，只觉得读书是件幸福的事。直到进入大学，大学里，有专门的图书楼，里面一列一列的书架上，满满当当的，全是书。我像在黑暗里摸索了许久的人，眼前突然洞开，外面的阳光和清风，一下子都灌进来。我激动得想哭，原来，世界是这么的大！我一头坠进去。我在《诗经》里畅游，几千年前的歌谣，一下一下地，撞击着我的心扉。人类的厚重，让我仰视和敬重。我在唐诗、宋词中漫步，千年前的烟雨，拂过我的衣襟。我如一株植物，沐浴着这样的烟雨，日益葱茏。窗外的蔷薇开过，谢了。窗外的玉兰花开过，谢了。窗外的梧桐叶青了，又黄了。这些，我都顾不上的。一季一季，因有书为伴，亦不觉得生活的单调。

等工作了，成家了，我做的第一件事，就是辟一间大大的书房，满壁皆书橱。我把每月的花费，大多数用在买书上。我还爱上逛地摊，在那里，总会淘到意外的惊喜。我曾在地摊上淘过一本徐志摩的传记，还淘过一本汉族风情史。没事的时候，我就那么逛着。每逢遇到一本好书，我就像遇到知己：哦，原来你在这里。那相遇的欢喜，无法言表。赶紧捧它回家，在薄暮的黄昏读，在静谧的深夜读，直读得唇齿留香，心满意足。

现在，我可以回答书是什么了。对于读书人来说，书是阳光。是空气。是水。是粮食。是衣裳。是挡雨的屋檐。是灵魂深处，住着的另一个自己。当你失意的时候，从书中能找到安慰。当你困顿的时候，从书中能找到力量。当你萧落的时候，书中的春天，永远在。这些，还都不是顶重要的，重要的是，一本好书，总能引起我们的共鸣，是那种从灵魂到灵魂的震颤，让我们即使身处浑浊之中，亦能保持欢喜与纯真，引领我们，向着那发着光的前路去。

南宋翁森在《四时读书乐》中写道："读书之乐何处寻，数点梅花天地心。"他是真正的读书人。冬日萧条又何妨？一书在手，读到兴致处，眼里的萧条都不见了，一个俗世也不见了，天地之间，只剩下数点梅花，艳艳地红。想来读书，也是艳事一桩呢，那是读书人与书的约会。

走着走着，花就开了

我很少思索，我为什么要写作。

生命中，最经不起推敲最无解的，就是为什么。

比如，人为什么要活着呀。人为什么要爱呀。人为什么要走这条路，而不是走那条路呀……

想那么多为什么，是太费力气的事。我不愿意。

对我来说，夯实每一个正在经过的日子，远比端坐着苦思冥想要来得重要，来得愉快。我不执着于过去，也不幻想于未来，我只管走好脚下的路，走着走着，花就开了。

我绣十字绣，一针一线，慢慢绣。一朵花，我总要花上一个多星期才能绣成。不要问我为什么要绣。若你实在要问，我只能告诉你，不为什么，只因我喜欢。

我低头绣几针，然后抬头看看窗外的天。有时会看到几朵云从窗前遛过，像鱼一样的。像蜻蜓一样的。像花瓣一样的。有时，只有一块空空的天悬着，像块干净的棉手帕。我觉得这样的时光，很好，无限好。我觉得身心皆舒服，且相当愉悦。

　　我吃橙子或柚子，不舍得直接劈开它，而只是切去上端一点儿，然后用小勺，一勺一勺慢慢挖。最后留下一个相当完整的"壳"，我在那"壳"上作画，画微笑的眼睛，画月亮，画太阳，画盛开的小花儿，把它放太阳下晾干。我拿它们当花器，装干花好，装瓜子好，我还用它装我的橡皮和卷笔刀。最了不得的是，我拿它长了颗胡萝卜头，一天一天过去了，胡萝卜头绿莹莹的茎和叶，慢慢从那"壳"里爬出来，葳蕤成一片，真是相当好啊。我的书桌上，摆满了这样的"器物"。我就这样，把大量的时光，浪费在它们身上。

　　不要问我为什么。有些时光是用来享受的，不是吗？我做这些，就是在享受时光。像花草沐浴着阳光。

　　你也完全能做到。你只需思想简单一些，活法简单一些，欲求清澈一些，也就可以了。

　　世界多大啊，山有山的雄伟，海有海的壮阔，可谁说那些小丘陵小溪流不也是活色生香的一种？

　　我做不成山，做不成海，哪怕连小丘陵和小溪流也做不成，我就做一棵草好了。

　　安心地做棵小草，也可以把四季唤来同住。

小扇轻摇的时光

暑假了,母亲一直盼望我能回乡下住几天,她知道我打小就喜欢吃一些瓜呀果的,所以每年都少不了要在地里多种一些。待我放暑假的时候,那些瓜呀果的正当时,一个个碧润可爱地在地里躺着,专等我回家吃。

天气热,我赖在空调间里怕出来,故回家的行程被一拖再拖。眼看暑假已过半了,我还没有回家的意思。母亲首先沉不住气了,打来电话说:"你再不回来,那些瓜果都要熟得烂掉了。"

再没有赖下去的理由了。于是,带了儿子,冒着大太阳,坐了几个小时的车,回到了生我养我的小村庄。

村里的人都是看着我长大的,看见我了,亲切得如同自家的孩子,远远地就笑着递过话来:"梅又回来看妈妈啦?"我笑着应:"是呢。"走老远,听他们在背后说:"这孩子孝顺,一点不忘本。"心里面霎时涌满羞愧,我其实什么也没做呀,只是偶尔把自己送回来给日夜想念我的母亲看一看,就被村人们夸成孝顺了。

母亲知道我回来了，早早地把瓜摘下来，放在井水里凉着。是我最爱吃的梨瓜和香瓜。又把家里唯一的一台大电扇，搬到我儿子身边，给我儿子吹。

我很贪婪地捧了瓜就啃。母亲在一旁心满意足地看着，说："田里面结得多呢，你多待些日子，保证你天天有瓜吃。"我笑一笑，有些口是心非地说："好。"儿子却在一旁大叫起来："不行不行，外婆，你家太热了。"

母亲就诧异地问："有大电扇吹着还热？"

儿子不屑了，说："大电扇算什么，我家有空调。你看你家，连卫生间都没有呢。"

我立即用严厉的眼神制止了儿子，对母亲笑笑，"妈，别听他的，有电扇吹着不热的。"

母亲没再说什么，走进厨房，去给我们忙好吃的去了。

晚饭后，母亲把那台大电扇搬到我房内，有些内疚地说："让你们热着了，明天你就带孩子回去吧，别让孩子在这里热坏了。"

我笑笑，执意要坐到外面纳凉。母亲先是一愣，继而惊喜不已，忙不迭地搬了躺椅到外面。我仰面躺下，对着天空，手上执一把母亲递过来的蒲扇，慢慢摇。虫鸣在四周此起彼伏地响着，南瓜花儿在夜里静静地开放。月亮升起来了，盈盈而照，温柔若水。恍惚间，月下有个小女孩，手执蒲扇，追着流萤。依稀的，都是儿时的光景。

母亲在一旁开心地有一句没一句地说着，重重复复的，都是走过的旧时光。母亲在那些旧时光里沉醉。

月光潋滟，我的心放松似水中柔柔的一根水草，迷糊着就要睡过去了。母亲的话突然在耳边响起,"冬英你还记得不?就是那个跟男人打赌,一顿吃下二十个包子的冬英。"

当然记得,那个粗眉大眼的女人,干起活来,大男人也及不上她。

"她死了。"母亲语调忧伤地说,"早上还好好的呢,还吃两大碗粥呢。准备到田里除草的,人还没走到田里呢,突然倒下就没气了。"

"人呀。"母亲叹一声。"人呀。"我也叹一声。心里面突然惊醒,这样小扇轻摇,与母亲相守的时光,一生中还能有几回呢?暗地里打算好了,明日,是决计不会回去的了,我要在这儿多住几日,好好握住这小扇轻摇的时光。

牛皮纸包着的月饼

朋友去北京，给我带回两盒包装精美的月饼。红漆木盒装着，华丽、雍容。

揭开盒盖，不多的几只月饼，躺在质地柔软的丝绒上，是皇家女儿，金枝玉叶着。

洗净了手，和家人带着虔诚的心，切了一只月饼来尝。为此，我还特地拿出宝贝样收藏着的印花水晶盘，把月饼摆成菊的模样。一家人欢欢喜喜拿了吃，鱼翅做的馅，味道怪异，家人都只吃了一口，就放下了。我坚持吃两块，但终究，也受不了那份怪异。余下的，狠狠心，丢进垃圾筒。丢的时候，我祖母似的念叨，作孽啊作孽啊。

便格外怀念起小时的月饼来。是些小作坊做的，用桂花或松仁做馅，外面的面粉，层层起酥，洇着金黄的油。看着就让人垂涎欲滴。

在中秋前一个星期，村部的唯一一家小商店，就把月饼买回来了。散装的，搁在一个大缸里。我们放学时从商店门口过，可以闻得见空气里的月饼味，香甜香甜的，很浓。探头去看，总看到面皮白白的店主，在用牛皮纸包装月饼，五个一包，十个一包。他动作舒缓，在那时的我们眼里，那动作无疑是美的，充满甜蜜的味道。我们的心，开始生了翅膀，朝着一个日子飞翔。

终于等到中秋这一天了。起早祖父就答应了的，晚上，每人可以分到一个月饼。那一天，我们再没了心思做其他的事，只盼着月亮快快升起来。等月亮真的升起来了，我们不赏月，眼睛都聚到门口的小路上。祖父出现了，手里提着用牛皮纸包着的月饼，隔了老远，我们都能闻到月饼的味道。兄妹几个，跑过去迎接，在他身边跳。祖父说，小店里挤满了人，好不容易才买到月饼。语气里有得意，仿佛他做了一件很了不得的事。

煤油灯下，祖父小心地揭开一层一层的牛皮纸，我们得到了向往中的月饼，用小手托着，日子幸福得能滴出蜜来。母亲在一边教育我们，好东西要留着慢慢吃。于是我们把月饼分成一点一点的碎屑，舔着吃。总能把一个月饼吃到第二天，甚至第三天。

大人们也一人一个月饼，但他们多半舍不得吃，藏着，只等我们嘴馋了时，分了去吃。但生活的琐碎和忙碌，会让他们忘掉藏月饼这件事。我祖母有一次藏了一个月饼，等她记起时，月饼上面已长了很长的毛了，不得不扔掉，一家人为此痛心了好多天。

祖母也曾把月饼分送给邻家两个孩子，那两个孩子跟着寡母过活，自是没钱买月饼。中秋时，别人家欢歌笑语，他们家却冷冷清清的。祖母说，可怜啊。遂踮着小脚，给他们送了月饼去。回家来安慰我们，让别人吃掉，比自己吃掉好。那时年幼，不明白这句话，现在想想，祖母说的是帮人的快乐啊。如今那两个孩子早已长大，都出息了，一个在南京，一个在杭州。我祖母在世的时候，他们每年回来，都会去看看她。他们说，忘不了小时候用牛皮纸包着的月饼。

在艾香里吃粽子

满街飘着粽子香,我才惊觉,又到端午了。

母亲很关心我有没有粽子吃,她包了许多粽子,红豆的,红枣的,瘦肉的,花生的,咸蛋黄的……母亲在粽子上,穷尽花样,为的只是我喜欢。

母亲托人带粽子到城里来。来人提着沉甸甸的袋子,袋子里全是母亲裹的粽子,十天半月也吃不完。来人说:你妈忙了好几天了,连夜煮好的呀。想对母亲说,街上有卖的啊。却没说。这是母亲独有的一份乐,如果不让她裹粽子,想必,她会生出许多的寂寞和失落。所以,我从没告诉过母亲,我其实,早已不喜欢吃粽子了。

是从什么时候起,我对粽子丧失了兴趣的?这是没法考究的事了。日子的轮转,让曾经许多的喜欢,都成为记忆。天还是那么蓝,云还是那么白,人却不是那个人了,不是那个因有粽子可吃,就欢天喜地笑逐颜开的小丫头了。

这世上,少有一种喜欢是天长地久的。很多的喜欢,都是此一时彼一时的事情，所以有"时过境迁"之说。

但，节却是要过的，年年如此。邻家女人，买了糯米和苇叶，她遇见我，笑嘻嘻说：我自己裹粽子呀，一会儿你到我家来吃啊。我在她那个"裹"字上打转。多么生动形象的一个字！是给米穿上绿蓑衣呢，像裹着一个白嫩的小娃娃。那架势，有烟火的闹腾，有过日子的隆重。生活如此这般，真是美好。

我笑着谢了她，我说我妈给我带了许多的。回家，我开始吃母亲带给我的粽子，那么多粽子，只只都带着母亲的温度，扔了是罪过，所以我努力吃。吃时，我突然想起一种叫艾蒿的草，叶片灰绿中泛白，茎亦是灰绿中泛白，笔直笔直的，香气从茎叶间散发出来。这种香气很奇特，香得苦苦的，醇醇的，却让人闻着很受用。

那时，每逢端午节，我们都要跑去沟边河畔，割上几捧艾蒿回来。家里随便乱插，大门上、窗台上、家神柜上，都插上。甚至蚊帐里，也要挂上一小把，家里处处弥漫着艾蒿苦苦的香。祖母说艾草避邪。我们不去管它避不避邪，只是单纯喜欢着这样的忙乱，这样的张罗，这代表着过节呢，代表着我们有粽子可吃。我们在艾香里吃粽子，无忧也无虑。

街上有卖艾蒿的，一小把一小把地捆扎着，插在塑料桶里，跟苇叶一起叫卖。买苇叶时，若你要艾蒿，卖的人会送你一小把，不要钱。川流的人群里，也便看到有人的自行车的车把上，插一把艾蒿。你正待细看那人，一阵艾香过，人已去远了。

我笑笑，也去买两把艾蒿回家，准备插到花瓶里，让我的屋子也充满艾香。那么，我就可以在艾香里吃粽子，想想小时候。有时，想念也需要一种氛围。

挂在墙上的蒲扇

逛街,偶见一地摊,摆在护城河畔,卖些杂七杂八的物什,有针头线脑、鞋垫淘米篮子啥的。在地摊一角,竟横七竖八摆了些蒲扇卖,扇面上烫了画,小巧盈手,更像工艺品。

这是走了样的蒲扇,但到底是蒲扇,心底泛起久别重逢的欢喜。我停下来买一把。那人问,买了做什么?我答,回去挂墙上。

记忆里,没有蒲扇的夏天,哪里叫夏天?

小时候,夏天纳凉的唯一工具,是蒲扇。哪家少得了它?卖蒲扇的男人,担着一担子的蒲扇,到乡下来。他手里擎把大蒲扇,大烈日下,边扇风边挡太阳。主妇们围拢过去挑,七嘴八舌。其实有什么可挑的?都是一样的,簇新簇新的。新做的蒲扇,面容洁净,笋白着。闻闻,有股麦秸的味道。

买回的蒲扇,主妇们都用布条,把边子重走上一遍。镶了边的蒲扇,有些沉,扇的风,不爽快。但耐用啊,即使天天摇,一个夏天也摇不坏,可以留着,待下一年夏天再用。

晚上，村人们三五个聚一起，在空地上纳凉。人人手里一把蒲扇，不紧不慢地摇，摇出了不少的俚语笑话。孩子们是绝没有耐心摇蒲扇的，他们呼朋引伴，一窝蜂地钻草堆、蹲草丛，玩得汗流浃背。总有母亲，捉了自家的孩子，用蒲扇在他（她）屁股上敲两下，怒斥：你能不能安神点？瞧瞧，刚洗完澡的，身上又淌湿了！

理她呢。撇撇嘴，嬉皮笑脸，"哧溜"一下，如小泥鳅似的滑开去。草丛里的热闹，永远吸引着孩子。萤火虫装了大半瓶。真可怜了那些小虫子，它们若不是那么招摇，何至于落下被囚禁的命运？到最后，如何安置"囚犯"，孩子们已不理会了，瓶子多半随手扔了。第二天晚上，另找了空瓶子来，再捉。夏夜的天空下，萤火虫永远多得像天上的星星。

玩累了，一个个躺到自家搭在门前的门板上，安静下来。夜渐渐深了，四周的声音，渐渐隐伏于夜的深处。这个时候，稻花的清香，随风飘来，一阵一阵。有鸡在梦中打鸣。天上的星星，繁密得像撒落的米粒。

祖母摇着蒲扇讲故事，重重复复讲的都是小媳妇遇到恶婆婆了。她摇着摇着，速度慢下来，嘴里的呢喃，终至消失。鼾声起。我们抬眼看她，她坐在椅子上，头垂着，嘴巴微张。握蒲扇的手，也垂着。我们扯拉她手里的扇子，祖母惊醒，用扇柄轻敲我们的手，笑说，调皮啊。复又摇起来……

这样的景，再无处可寻。曾经一个个摇着蒲扇的人，都跟着岁月远去了。我的外婆走了，我的祖母走了。而我每次回乡下，母亲都要告诉我，哪个我熟悉的乡亲，也走了。偌大的乡下，再不见了蒲扇的影子。家家都装电扇了,甚至蚊帐里,也挂上一台。仿佛这承载了三千多年历史的蒲扇,从不曾来过。

我把新买的蒲扇挂上墙。我指着它,告诉邻家三岁小儿,我说这叫蒲扇,是用来扇风的。

回　家

　　父亲生日，我记着，买了蛋糕和礼物，回家。父亲很有些意外了，他根本没想到我能记着他的生日。他高兴得手足无措，在家门口转来转去，一会儿弯腰扶扶倚在墙边的扫帚，一会儿挥手去赶来凑热闹的鸡。我把买给他的礼物——一件外套拿出来，让他穿上试试，他不好意思起来，装作不在意地说：不就是个闲生日嘛，买什么衣裳。

　　我说：爸，闲生日也要过，以后每年我都会替你过。心下却黯然，父亲都七十有一了，又有几个生日好过？父亲却满足得"嘀嘀"笑起来，我看到他浑浊的眼里，有亮亮的东西闪现，我的举手之劳，一定在他心里掀起了万顷波澜。我和母亲在厨房里做饭，就听到他在外面大着嗓门，不厌其烦地告诉邻居二爹，我家二丫头特地请假回来给我过生日。不就是个闲生日嘛，还给我又买衣裳又买蛋糕的，他补充道。

　　母亲不屑，母亲说：你爸就爱吹牛。母亲的脸上，却荡满笑意——母亲也是欢喜的。饭桌上,不胜酒力的父亲喝多了,他重三倒四地叨叨:我真幸福啊。我笑看可爱的老父亲,心里惭愧,从前的日子,我疏忽父母太多。好在还有当下的日子,我可以弥补。

出门去,阳光荻絮似的,淡淡轻拂。午后的村庄,安静得很像一捧流水,只剩下老人和孩子了——其实,孩子也没见着几个。只有几只狗,主人似的,满村庄溜达,不时吠上一两声。我以为,它们是寂寞了。

我去田间转悠。这里,那里,都曾留有我少年光阴。我在地里挑过猪草羊草。我在地里掰过玉米,拾过棉花。我熟悉很多植物:车前子、牛耳朵、婆婆纳、野蒿、黄花菜、苜蓿、菖蒲和苦艾。一蓬一蓬的苇花,在风中起舞,它们让我的目光,在上面逗留了又逗留。

一妇人趴在沟边锄草,身子都快躬到地上去了。她头上花头巾的一角被风撩起,露出里面灰白的发来——竟是那么的老!记忆里,她辫一根乌黑的长辫子,健壮结实,挑着担子也能健步如飞。我站定看她,她也看我,许久,她哎呀一声,这不是梅吗?是我,姨。这么一答,我觉得鼻子有点酸。不知为何。

我看着她笑,在心里找着话。说点什么好呢?我没找着。她大概也找不着要说的话,就从地里拔一棵白萝卜给我,说:没有空心呢。我接过,摘了路边的蚕豆叶子擦擦,"咔嚓"咬了两口——小时,我都是这么干的。我们一村的人,也都是这么干的。

她呵呵笑起来,很开心的样子。

你真孝顺啊。她终于又说一句。

我赧颜,又有些伤感。我听说过她的两个儿子,一个远去云南，做了人家的上门女婿。一个常年在外打工，极少回家。地里的荠菜花开得星星点点，奔放灿烂是春天的事。麦苗儿却绿滴滴的，让人忍不住想揪了一把吃。

望见麦田中的坟。这儿一座，那儿一座，那里住着我熟悉的村人。我祖父祖母的坟也在。隔着不远的距离，我在心里向他们致敬。

有他们在，村庄便永远在。

最美的语言

回了趟老家。

这次回老家,我没像往常一样,预先给我爸我妈发布通知。我爸我妈毫无准备,他们真实的日常,便真实地袒露在我跟前。

上午十点钟的光景。村庄安静得像一座空城,轻微的风吹,也能听得见回响。地里的麦子熟了,有些已收割,有些还没收割。大地缄默不语。

有小白狗不识我,远远冲我吠,扯着喉咙跳上跳下,兴奋得不得了。村庄里来的陌生人也少,它一定当我是陌生人了。我苦笑,我何尝不是一个陌生人?

爸妈没有应声走出来。家门半掩着,门前的场地上,晾晒着麦子。场地边上,是我前年种下的花,两三年的工夫,它们已蔓延成一大片了。是些大丽花、波斯菊,还有小野菊,它们正颜色绚烂,热情高涨地开着。花丛中没见到一根杂草,说明我妈肯定给它们除过草了。我关照过她的,一定要养好我的花。我妈记着了。

打我爸电话。我爸正在村部卫生所输液，他身体有炎症，又查出身体内长了个肌瘤。

村部挪了地方。我向一个人打听怎么走，那人很热心地把我送出好远。

村部大院子里没见到一个人。卫生所的一间屋子里，人却满满的，都是些老人，都在输液，我爸在其中。看见我，他很激动，别的老人都没有儿女去看望的，只他有。他一个劲儿地傻笑，嘴里重复地说的只有一句：乖乖呀，乖乖呀。儿女是他最好的药，能止他一时的痛，让他忘了疾病。

妈原来在家，在蚕房里忙着。妈很像一片草叶子了，缩在哪个角落里，很容易被人遗忘掉。我责怪妈，不是让你不要再养蚕的吗！

妈很委屈，她说：我家的桑叶长得那么好，那么好。妈的逻辑是，既然长得那么好，不养蚕就对不起桑叶了。妈又喃喃：家里的活计我不做，谁做？你爸又不能做。他得了这个倒霉的病，总是尿裤子，一天到晚我要帮他洗十几条裤子。

爸听见妈的话，很抱歉地笑，沮丧地跟我说：我有时都觉得没活头了。

我安慰他：爸，咱活着一天就赚了一天。你虽有病，可比起那些中风躺在床上不能动的人，不是好很多了吗？

爸点点头，说：是啊，我还能吃还能睡，还能走还能动的。

咱有病就治病，积极地去应对，万事不要怕，有我呢，我会帮你安排得好好的。我继续宽慰我爸，并塞给他一些钱。

妈这时跑过来告状，说上次爸说带她上街玩，结果去逛了一天，什么也没舍得买，吃饭是买的盒饭，就蹲在冷风口吃下去了。妈本是笑着说的，说着说着，就抹起眼泪。妈的眼泪，近年来特别多。

爸只好干笑，说：你这人，你这人，也是你同意买盒饭的，那天我们不也吃得挺饱吗？

我实在不知说他们什么才好。想到风里头，两个老人蹲在一起吃盒饭，我鼻子就发酸。

爸手头也不是没有钱。我姐说，他存着好几万呢。但爸一辈子穷怕了，节俭得近乎吝啬，近乎抠。爸有他的理由，万一呢，万一出个什么事要用钱呢，到时没钱，那不是让子女受累了？

爸是在为他和我妈的后事做准备，我心里明白，我只不说，假装天还长着，地还久着，岁月还未老。

我拉他们一起站在门前的花旁拍照，我妈为此特地换了身新衣裳，笑得像个小女生。我爸也很认真地把翘起来的衣角理平，又换一顶新帽子戴头上。我一手搂一个，叫一声爸，再叫一声妈。这世上最美的语言，我怕是叫一声少一声了。但眼下我还能叫着，我很感激了。

他在岁月面前认了输

他花两天的时间,终于在院门前的花坛里,给我搭出两排瓜架子。竖十格,横十格,匀称如巧妇缝的针脚。搭架子所需的竹竿,均是他从几百里外的乡下带来的。难以想象,扛着一捆竹竿的他,走在车水马龙的大街上是副什么模样。

他说:"这下子可以种刀豆、黄瓜、丝瓜、扁豆了。"

"多得你吃不了的。"他两手叉腰,矮胖的身子,泡在一罐的夕阳里。仿佛那竹架上,已有果实累累。其时的夕阳,正穿过一扇透明的窗,落在院子里,小院子像极了一个敞口的罐子。

我不想打击他的积极性,不过巴掌大的一块地,能长出什么来呢?而且我,根本不稀罕吃那些了。我言不由衷地对他的"杰作"表示出欢喜,我说:"哦,真不赖。"是因为我突然发现,他除了搭搭瓜架子外,实在不能再帮我做什么了。

他在我家沙发上坐,碰翻掉茶几上一套紫砂壶。他进卫生间洗澡,水漫了一卫生间。我叮嘱他:"帮我看着煤气灶上的汤锅啊,汤沸了帮我关掉。"他答应得相当爽快,"好,好,你放心做事去吧,这点小事,我会做的。"然而,等我在电脑上敲完一篇稿子出来,发现汤锅的汤,已溢得满煤气灶都是,他正手忙脚乱地拿了抹布擦。

我们聊天。他的话变得特别少,只顾盯着我傻笑,我无论说什么,他都点头。我说:"爸,你也说点什么吧。"他低了头想,突然无头无脑说:"你小时候,一到冬天,小脸就冻得像个红苹果。"想了一会儿又说:"你妈现在开始嫌弃我喽,老骂我老糊涂,她让我去小店买盐,我到了那里,却忘了她让我买什么了。"

"呵呵,老啦,真的老啦。"他这样感叹,叹着叹着,就睡着了。身子歪在沙发上,半张着嘴,鼾声如雷。灯光下,他头上的发、腮旁的鬓发和下巴的胡茬,都白得刺目,似点点霜花落。

可分明就在昨日,他还是那么意气风发,把一把二胡拉得音符纷飞。他给村人们代写家信,文采斐然。最忙的是年脚下,村人们都夹了红纸来,央他写春联。小屋子里挤满人,笑语声在门里门外荡。大年初一,他背着手在全村转悠,家家门户上,都贴着他的杰作。他这儿看看,那儿瞅瞅,颇是自得。我上大学,他送我去,背着我的行李,大步流星走在前头。再大的城,他也能摸到路。那时,他的后背望上去,像一堵厚实的墙。

老下去,原不过是一瞬间的事。

我带他去商场购衣,帮他购一套,帮母亲购一套。

他拦在我前头抢着掏钱,"我来,我有钱的。"他"唰"一下,掏出一把来,全是五块十块的零票子。我把他的手挡回去,我说:"这钱,留着你和妈买点好吃的,平时不要那么省。"他推让,极豪气地说:"我们不省的,我和你妈还能忙得动两亩田,我们有钱的。"待看清衣服的标价,他吓得咋舌,"太贵了,我们不用穿这么好的。"

那两套衣,不过几百块。

我让他试衣。他大肚腩,驼背,衣服穿身上,怎么扯也扯不平整。他却欢喜得很,盯着镜子里的自己,连连说:"太好看了,我穿这么好回去,怕你妈都不认得我了。"

他先出去的。我在后面叫:"爸,不要跑丢了。"他嘴硬,对我摆摆手,"放心,这点路,我还是认得的。"等我付了款,拿了衣出门,却发现他在商场门口转圈儿,他根本不辨方向了。

我上前牵了他的手,他不习惯地缩回。我也不习惯,这么多年了,我们都没牵过手。我再次牵他的手,我说:"你看大街上这么多人,你要是被车碰伤了怎么办?你得跟着我走。"他"唔"一声,脸上露出迷惘的神情,粗糙的手,惶惶地,终于在我的掌中落下来。他安安静静地跟着我,任由我牵着他。恍然间忆起小的时候,我们也曾这样牵手,只是如今,我和他的角色互相调换了。我的眼睛,有些模糊,是夕阳晃花眼了吧?

如果可以这样爱你

母亲坐在黄昏的阳台上,在给我折叠晾干的衣裳。她是来我这里看病的,看手。她那双操劳一生的手,因患类风湿性关节炎,现已严重变形。

自从来城里,母亲一直表现得惶恐不安,她觉得她给我添麻烦了。那日,母亲帮我收拾房间,无意中碰翻一只水晶花瓶。我回家,母亲正守着一堆碎片独自垂泪,她自责地说:"我老得不中用了,连帮你打扫一下房间的事都做不好。"我突然想起多年前,我还是个小女孩时,打碎家里唯一值钱的东西——一只暖水瓶,我并不知害怕,告诉母亲,是风吹倒的。母亲把我上上下下检查了一遍,看我伤了没有,而后揪着我的鼻子,说:"还哄妈妈,哪里是风,是你这个小淘气。"我笑了,母亲也笑了。现在,我真的想让母亲这样告诉我,啊,是风吹倒的。尽管我一再安慰她没事的没事的,母亲还是为此自责了好些天。

看病时,母亲反复问医生的一句话是,她的手会不会废掉。

医生严肃地说:"说不准啊。"母亲就有些凄凄然,她望着她的那双手,喃喃语:"怎么办呢?梅啊,妈妈的手废了,怕是以后不能再给你种瓜吃了。"我从小就喜欢吃地里长的瓜啊果的,母亲每年都会给我种许多。我无语。

带母亲上街,给母亲买这个,母亲摇摇头,说不要。给母亲买那个,母亲又摇摇头,说不要。母亲是怕我花钱。我硬是给她买了一套衣服,母亲宝贝似的捧着,感激地问:"要很多钱吧?"我想起小时,我看中什么,总闹着母亲给我买,从不曾考虑过,母亲是否有钱,我要得那么心安理得。母亲现在却把我的给予,当作是恩赐。

街边一家商场在搞促销,搭了台子又唱又跳的,我站着看了会儿。一回头,不见了母亲。我慌了,大字不识一个的母亲,如果离开我,她将多么慌张!我不住地叫着"妈",却见母亲站在不远处的一棵梧桐树下,正东张西望着。看见我,她一脸惭愧,说:"妈眼神不好,怎么就找不到你了,你不会怪妈妈吧?"

突然泪涌眼眶。我上前牵了母亲的手,像多年前,她牵着我的手一样,我不会再松开母亲的手。大街如潮的人群里,我们只是一对很寻常的母女。

如果可以这样爱你,妈妈,让我做一回母亲,你做女儿,让我的付出天经地义,而你,可以坦然地接受。

那些疼我的人

三月天,蜜蜂从土墙的洞里钻出来,嗡嗡闹着。柳树绿了,桃花开了,油菜花更是开得惊心动魄,铺展出一望无际的黄。上个世纪七十年代的乡下,这个时候,正是青黄不接。有什么可吃的呢?没有的。

我去爬屋后的小木桥。小木桥搭在小河上方,桥下终年河水潺潺。湍急的水流,在幼小的我的眼里,很可怕,我害怕从桥缝里掉下去。那样的害怕,最终会被一种向往所抵消。爬过木桥,就可以去几里外的外婆家,外婆会给我一只煮鸡蛋,或是一捧炒蚕豆。这是极香的诱惑!

我很幸运,每次都能安全地爬过木桥去。矮矮的外婆见到我,眼睛笑眯成一条缝。她手里正补着衣服,或是纳着鞋底,她会立即放下手里的活儿,她的手会抚过我的脸,是沙子吹过的感觉,很糙,却极暖。然后去灶边生火。一瓢清水倒进锅里,腾起一股热浪来,我知道,我可以有煮鸡蛋吃了。一脸威严的外公埋怨她:"那是换盐的鸡蛋啊,家里快没盐了。"外婆挡着,说:"小点儿声,别吓着孩子。"他们在屋里嘈嘈切切地吵。我不管那些的,有外婆护着,有香香的煮鸡蛋可以吃,便觉得自己是世上最幸福的孩子。

我有过几次大难不死的经历。母亲说:"有一年,全村83个孩子都出天花了,你是最严重的一个,高烧昏迷,不省人事。医生说,没治了,让准备后事。我抱着你,七天七夜没合眼。你呀……"母亲没有继续这个"你呀",她笑着说起另外的事,关心我现在是不是还常常熬夜。"不要熬夜呀,人吃不消的。你要好好的呀!"母亲这样说。我却在她那一句未完的"你呀"后面浮想联翩,想我是这么一个难缠难养的孩子,母亲的心,不知碎过多少回。大雪天,我又突然生病,母亲顶着风雪去找医生。医生来了,说,不行,得赶紧送街上的医院。街离村子有几十里路,父亲又不在家,风大雪大的,母亲却决定一个人用拖车拖我去医院。母亲就真的上路了,用被子把我里三层外三层地裹好。一路上,母亲不知跌了多少跟头,我却安然无恙。到了医院,医生看着雪人一样的母亲,感动了,立即给我检查,是急性肺炎,晚一会儿,就难治了。我的病好了,母亲的额上,却留着指头长的一道疤,像一条卧着的小蚕。我抚摸着母亲的那块疤,问母亲后不后悔生了我。母亲嗔怪地打掉我的手,说一句:"你呀……"

结婚了,遇到的那个人,不是貌若潘安,才似柳永,却会在我生病的时候,守在身边,给我削梨子;会在我磕疼的时候,一边给我揉瘀血的膝盖,一边嗔怪:"怎么这么不小心?"他会买我爱吃的鸡蛋卷回来,还有我喜欢的花花草草,摆一阳台,我还是不满足，说还要，他答应一声："好。"有时我也会明知故问："你宝贝我吗？"他笑着答："我不宝贝你，还能宝贝谁呢？"时光刹那停住，天荒地老。

现在，我在织一件毛衣。入冬了，儿子的毛衣短了。我挑橘黄的颜色，选一种小熊猫的图案，这样织出来，一定非常漂亮，儿子穿上，会极帅气的。儿子在一边看着，问："妈妈，是给我织的吗？"我答："不给你织，给谁织呢？""那么，妈妈，你是宝贝我的吗？"我答："我不宝贝你，还能宝贝谁呢？"思绪就在那一刻拐了弯，生命中那些疼我的人，一一浮现出来。我痴痴地想，上帝送他们来，就是为了来疼我的，就像我疼我的儿子一样。世间的美好，原是这样的爱写成的。

如今，我的外婆已去世了。值得安慰的是，她走时，我在她身边。她看着我，最后疼爱的光亮，像淡淡的紫薇花瓣落下，落在我的脸上，留在这个世上。

梨花风起正清明

祖母走后,祖父对家门口的两棵梨树,特别地上心起来。有事没事,他爱绕着它们转,给它们松土、剪枝、施肥、捉虫子,对着它们喃喃说话。

这两棵梨树,一棵结苹果梨,又甜又脆,水分极多。一棵结木梨,口感稍逊一些,得等长熟了才能吃。我们总是等不得熟,就偷偷摘下来吃,吃得满嘴都是渣渣,不喜,全扔了。被祖母用笤帚追着打。败家子啊,糟蹋啊,响雷要打头的啊!祖母跺着小脚骂。

我打小就熟悉这两棵梨树。它们生长在那里,从来不曾挪过窝。那年,我家老房子要推掉重建,父亲想挖掉它们,祖母没让,说要给我们留口吃的。结果,两棵梨树还是两棵梨树,只是越长越高、越长越粗了。中学毕业时,我约同学去我家玩,是这么叮嘱他们的,我家就是门口长着两棵梨树的那一家啊。两棵梨树俨然成了我家的象征。

我家穷，但两棵梨树，很为我们赚回一些自尊。不消说果实成熟时，逗引得村里孩子，没日没夜地围着它们转。单单是清明脚下，它们一头一身的洁白，如瑶池仙子落凡尘，就足够吸人眼球。我们玩耍，掐菜花，掐桃花，掐蚕豆花，掐荠菜花，却从来不掐梨花。梨花白得太圣洁了，真正是"雪作肌肤玉作容"的，连小孩也懂得敬畏。只是语气里，却有着霸道，我家还有梨花的。——我家的！多骄傲。

祖母会坐在一树的梨花下，叠纸钱。那是要烧给婆老太的。她一边叠纸钱，一边仰头看向梨树，嘴里念叨，今年又开这许多的花，该结不少梨了，你婆老太可有得吃了。婆老太是在我五岁那年过世的。过世前，她要吃梨，父亲跑遍了整条老街，也没找到梨。后来，我家屋前就多出两棵梨树来，是祖母用一只银镯换回栽下的。每年，梨子成熟时，祖母都挑树上最好的梨，给婆老太供上。我们再馋，也不去动婆老太的梨。

我有个头疼脑热的，祖母会拿三根筷子放水碗里站，嘴里念念有词。等筷子在水碗里终于站起来，祖母会很开心地说，没事了，是你婆老太疼你，摸了你一下。然后，就给婆老太叠些纸钱烧去。说来也怪，隔日，我准又活蹦乱跳了。

那时，对另一个世界，我是深信不疑的。觉得婆老太就在那个世界活着，缝补浆洗，一如生前。有空了，她会跑来看看我，摸摸我的头。这么想着，并不害怕。特别是梨花风起，清明上坟，更是当作欢喜事来做的。坟在菜花地里，被一波一波的菜花托着。天空明朗，风送花香。我们兄妹几个，应付式地在坟前磕两个头，就跑开去了，嬉戏打闹着，扎了风筝，在田埂道上放。

那风筝，也不过是块破塑料纸罢了，被纳鞋绳牵着，飘飘摇摇上了天。我们仰头望去，那破塑料纸，竟也美得如大鸟。

祖母走后，换成祖父坐在一树的梨花下叠纸钱。祖父手脚不利索了，他慢慢叠着，一边仰头望向梨树，说，今年又开这许多的花，该结不少梨了，你奶奶肯定会欢喜的。语气酷似祖母生前。

我怔一怔，坐他身边，轻轻拍拍他的手背。我清楚地知道，有种消失，我无能为力。祖父突然又说，你奶奶托梦给我，她在那边打纸牌，输了，缺钱呢。我听得惊异，因为夜里我也做了同样的梦，梦见祖母笑嘻嘻地说，我每天都打纸牌玩呀。我信，亲人之间，定有种神秘通道相连着，只是我们惘然无知。

祖母走后三年，祖父也跟着去了。他们在梨花风起时，合葬到一起。他们躺在故土的怀抱中，再不分离。

浮生一梦

看电视里的民国少爷，穿质地精良的长衫，手执一把折扇，逗鸟看戏四处游玩，后面还跟着几个小跟班的，优哉游哉着，我总忍不住想，那是不是我爷爷少年时。

我爷爷生于民国七年，在苏北一个叫丁家庄的地方。据我爸讲，当年的丁家庄，有一半田地，都是我爷爷家的。合家百十口人，住的房屋都是青砖小瓦房，有前后院落，几进几出。彼时，我祖上花开灼灼，人丁兴旺，好一个人间繁庶地。

我爷爷上有三个哥哥、四个姐姐，他是家里最小的孩子，排行老四，人称四少爷。我那未曾谋面的太奶奶，家风甚严，规矩极大，唯独对我爷爷这个老幺，宠溺得不行，请了私塾先生专门教我爷爷习字读书。我爷爷不爱，正经的书读不了几行，只管把那些野趣传闻的偷拿来读。我还记得小时他讲包青天，讲隋炀帝下扬州，讲小方青会姑母，讲岳飞，讲杨家将，故事好听得很，总吸引一批孩子围着他。我爷爷也是斗蟋蟀玩纸牌扎风筝的头把好手，我奶奶说，跟她拜堂成亲那天，我爷爷还在跟人玩斗蟋蟀，家里着人找了半天，才把他找回家。我奶奶怀头胎，就要生了，我爷爷却领着一帮侄子侄女在放风筝。他扎了一架几丈长的巨型风筝，飘飘摇摇上了天，底下有成百人观看。值此时，好风好水，繁花满枝头，乱世浮沉，世事维艰，与我爷爷一点关系也没有的。

我太奶奶过世，一个大家族立马四分五散。我爷爷分得一些房屋田产，吃饭度日原是足够了，然因他太贪玩，不懂生计，很快把些房屋田产都变卖光了。他带我奶奶举家迁去荒田时，全部家产只剩下三间小瓦房。我家住了多年的茅草屋，屋上的椽子、大梁、门和木格窗，都是这三间瓦房上的。上祖留下的东西，也就这么多了。

生活变得辛苦，我爷爷跑去上海投奔他的二哥和大姐。二哥和大姐，早年在上海做事，也都把家安在上海。这个小弟弟到了，做哥的做姐的自然照顾有加，鼎力相助。二哥很快帮他谋得一轻松差事，坐办公室的，专管一支黄包车队。还给他弄到了一间房，带小阁楼的，上面住人，下面可以烧饭。我爷爷在上海安顿下来，乐不思蜀，他偶尔去办公室装模作样坐一会儿，也没什么事可做。然后就去泡戏园，他追过梅兰芳的戏，几乎场场必到。

我奶奶在家望眼欲穿，盼着他能寄点钱回家。哪里有！他自个儿玩还不够的。无奈，我奶奶带着我爸，怀里还抱着一个吃奶的幼儿，决心去上海找我爷爷。娘仨才走到半路上，路上却发生枪战，是八路军与国民党在交手。娘仨随逃难的人跑，急急慌慌中,我奶奶把抱在手里的幼儿也给弄丢了。她和我爸趴到一条渠沟里,趴了一夜,只听见子弹从耳边"嗖嗖"飞过,如爆豆子似的。好不容易枪声停了,却传来消息,去往上海的路被封了,她和我爸只得打转回来。

丢了的孩子,被好心人捡了,辗转交到我奶奶手上。只是这孩子注定命不长,回来后不久,得了天花,死了。若活着,一切顺当,如今也六七十岁了,我该叫她三娘娘。

我爸孤身一人去上海投奔我爷爷时,7岁。我爸去投奔的目的只有一个,他想念书。

我爷爷遂了我爸的愿,把我爸送进学堂。

然我爷爷一个人逍遥惯了,完全没有做父亲的意识,他有了钱,还是想去泡戏园,就去泡戏园,一泡就是一整天,全然想不到,家里还有一个小孩在等着他。我爸中午放学回来,常常锅灶是冷的,家里无一粒米,可怜的孩子饿着肚子又去上学。走过弄堂口,那里有做油饼的山东人,认得我爸,有时会好心地送我爸一只油饼吃。

我爸拖欠学校的学费。问我爷爷要钱,我爷爷总是说:"等下次吧,下次发了工钱,我就给你。"然下次真的发了工钱,他首先是听戏去了,泡茶楼去了,学费依然拖欠着。每日去学校,老师见到我爸的第一桩事就是问:"丁志煜,你今天学费带了吗?"我爸羞愧地摇头。老师就没好气地说:"哎,站到后面去。"我爸就站到教室后面去,堂堂课都站着。

饥饿和罚站,终于把一个孩子压垮了,刚好有苏北乡下的人来上海,我爸要跟着那人回去。我爷爷不阻拦,去弄堂口买了十只油饼,让我爸揣着,就把我爸给打发走了。

我爸的学业就此中断,他在上海,只读了两年半的书。

我爸对我爷爷一直有着抱怨。"糊涂虫,糊涂了一辈子。"我爸如此评价我爷爷。

摊上这样一个诸事不问、只管玩乐的父亲,做孩子的自然很辛苦。我爸是家里长子,上面虽有两个姐姐,可作为家里最大的男丁,他六七岁就能去老街上的典当行当东西,换回大米。大凡家里跑腿的事,也都归这个六七岁的孩子管。

我爸生得聪明伶俐,他看典当行的老板,躺在摇榻上翻一本古书,心生羡慕,萌生出要读书的念头,长大了也要当典当行的老板。他怀抱着这个梦想,奔向我爷爷去,我爷爷却对他的梦想无甚兴趣,对他的读书,也无甚兴趣。因拖欠学费,我爸不得不离开上海,我爷爷也是一点愧疚也没有的。台上的红粉水绿,咿咿呀呀,那才是他全部的喜乐。

隔两年,我爷爷也回到苏北乡下来。是因为上海发生动乱,还是因为他又混不下去了,不知。上海的那个小阁楼他不要了,他身无分文地回到我奶奶身边。家里的穷困,似乎落不到他眼里一点点,他一天三顿喝着野菜稀饭,也还有闲心扎风筝,还在门口种花,种牡丹和芍药,开出一大片碗口大的红艳艳的花。

我爸十六七岁时,吾乡学校招人,我爸又去读书,是半工半读。多是二十岁上下的青年人,他们学写小楷,学珠算,学诗词音律。

我爸写得一手好小楷，中楷、大楷也都来得。从我有记忆起，腊月脚下，我家就天天人爆满，热闹得像赶集的，人人腋下夹一张红纸，来托我爸写对联。我们兄妹帮着裁纸，忙得不亦乐乎，家里成了红海洋。

我爸打起算盘来，也是双手飞快，噼里啪啦。队里年终分粮，都是我爸拿了算盘，在一旁帮着算账，分毫不差。

我爸还会很多乐器，笛子，手风琴，口琴，二胡。吾村好多年里，都有新年文艺会演，有挑花担的，二十出头的姑娘，化着浓妆，胭脂口红，都是艳到极点的，看着美。她在二胡的伴奏下，唱着杨柳叶子青啊啦，扭着小蛮腰，一步三晃，从这个生产队，晃到那个生产队，如仙女衣袂飘飘。一群人也就跟着，从这个生产队，跟到那个生产队，追在后面看。我那时也追着，除了喜欢看挑花担的姑娘，也喜欢花担上的绢花，红红黄黄紫紫，艳得不行。我趁人不备，偷偷扯下一枝来，回家插酒瓶子里。过年的快乐里，这是独占一份的。

新年文艺演出，我爸是总策划、总导演，兼总乐师、总指挥。从节目的编排，到曲子的成谱，到歌词的敲定，到演奏，都是我爸一手包办。我爸人又生得像《望春风》里唱的，果然标致面肉白。放到今天，那是很文艺范儿的，很得一些女人赏识。有女人织了毛衣送我爸，我妈傻乎乎的，感激得不得了。我姐那时初谙人事，跟我妈说："我爸一定是跟这个女人好。"我妈也还不信，毛衣却再不曾见我爸穿过，下落不明了。

我爸在半工半读时，成绩优异，又吹拉弹唱，无所不能，一时成了风云人物，还当上学生会主席。

这样的风光，却不敌现实的残酷。我爷爷我奶奶无钱再供我爸上学，我爸勉强念完小学，本想去学医的，我爷爷我奶奶却不同意，迫切要他回家，扛上家庭的重担。我爸妥协了，这一妥协，他的人生路，从此彻底改变。

我爸后来的发展路径，印证了这样一个简单道理：有什么样的选择，就有什么样的人生。和我爸同学的那一帮青年，都成了各界精英，最差的也混了个小学教师，只我爸一辈子困于乡野。一个人再要强，有时，也犟不过命。所谓时运不济、生不逢时，我爸算一个。

和我爸探讨过这样一个问题，假如，我这么假如了一下，假如他当年真的学了医，进了某家大医院，"文革"时，像他这破落地主家庭出生的人，能侥幸逃脱么？命能不能保下，都有另一说了。淹没于荒野，到底受冲击小了许多，扎根的土壤也要牢固许多。

我爸思索良久，点头称是。

冲着这一点，我爸倒应该感谢我爷爷的糊涂。祸兮福之所倚，福兮祸之所伏，老子他老人家真是伟大。

我姐19岁那年，因小时的烫伤，脚要做皮植手术，是我陪我姐去的医院。

是南京的一家医院。医院里的外科主任，是我爸的小学同学。我爸写了一张纸条，让我们带去，很自信地说："他见了纸条,会接待你们的。"

我们没费什么劲,就打听到那个外科主任。他本来架子端端的,可一见到纸条,立即对我们热情得不得了,安排我姐住院,且由他亲自开刀。他询问了我爸许多近况,盯着我们看了又看,说我和我姐的眼睛跟我爸长得一模一样。"他那双眼睛很有特色。"外科主任说,又道:"你爸绝对是个很有才华的人。"

我爸还有同学在做校长。我上小学时,小学里的校长是。我上中学时,中学里的校长也是。我爸去我学校,平日里严肃端正的校长,竟满面春风迎我爸到办公室坐,他们面前搁一杯茶,聊到高兴处,都发出爽朗的笑声。我得意,装作不经意地,从校长室门口走过,却还是忍不住告诉同学:"看,那是我爸。"

我爷爷的糊涂愚昧,耽搁了我爸一生,我爸立志等他做了父亲,要做出一个崭新的来。有了我们兄妹四个,我爸倾尽全力培养。他把读书,当作我家头等大事,一遇读书,诸般事情都要让步,即便砸锅卖铁,也在所不惜。一字不识的我妈,对我们的读书,也持相当宽容的态度,地里活儿再忙,只要我们假模假样捧一本书在读,她是决计不会叫上我们的。

我们兄妹四个,都是书读到吃不进去了,我爸才认输。我姐初中没毕业,就回了家,是她自己不想念了的,相比较读书,她更喜欢田野的自由。我大弟是聪明的,只是太贪玩,他初中考高中,复读两年才考上。高中毕业,又复读两年。可惜他的心思只花在恋爱上,没用在读书上,他自觉无趣,不再读了,去学了电工。我小弟初中复读两年,是想考小中专的,后来还是念了高中。高中毕业，复读一年，小弟灰了心，不准备再读书了。村里人家请了和尚来做道场，我小弟去看热闹，瞧见那些小和尚，敲敲木鱼念念经的，活得蛮轻松，就想跟在后面做和尚去。我爸把他的书本及被褥捆扎好，驮到车架上，让我小弟坐上面，把我小弟直接给押送到学校去了。我小弟后来考上警官学校，成了吃公家饭的人。我爸是这么来形容他的高兴心情的，他说，虽是广种薄收，也总有收成的。

我的读书，算是兄妹四个中最好的，但我爸也没少操心过。小学时，为我转学的事，我爸跟小学校长差点打起来。初中时，因某地教学质量好，我爸想尽办法，把我塞进去。高中时，因与老师起了冲突，我闹着要转校。我爸听信了我的话，骑上他那辆破自行车，四处奔走，托人找关系，天黑了，他还在外头奔波。

我因严重偏科，英语成绩羞涩得可怜，一百分的总分，我考了三十多分。高考之后，也复读一年，这才考上一所大专院校。拿到录取通知书，我是失望的，我是想读新闻专业的，最后却不得不读了师范。在我爸，已是满足得不能再满足了，他广为传播，在家大摆宴席，亲朋好友，一一被请了来，甚至平时走动极少的远房本家，也一一被请来席上坐。

彼时，方圆几个村，我是唯一的女大学生。

有几个温馨的小记忆，我想记下来，关于我和我爸的。

我4岁，或是5岁。月亮的天，我爸，我妈，和我，一起走在月亮下面。我妈那么温柔，我爸那么温柔，他骑着一辆借来的自行车，车后驮着我妈，车前杠上坐着我。我们沿着月光的小路，一路向前。田野里的麦香，和蚕豆花香，浮游在夜风中。他们唧唧说着什么，笑声也轻。那时那刻，世上所有的好，仿佛都聚集到一辆自行车上了。我不知道怎么表达我的快乐才好，我就啦啦啦、啦啦啦地唱。我爸低头，用胡茬扎我的脸，说："我家小丫头还喜欢唱歌的。"

也是这个年纪，我躺在队里晒场牛屋的床上。半夜里，发现身边睡的不是我爷爷，而是我爸。我爸什么时候来的，我一点不知。我爸见我醒了，笑了，捉住我的小胳膊，轻咬一口，说："你怎么这么瘦啊小丫头。"

上小学，我从学校捡回红的白的粉笔头，伏在小凳子上，照着墙上相框里的照片画人像。那相框里有我大弟的照片，有我爸的照片，那是我爸带我大弟去上海看病，在城隍庙照的。照片带回来，好多人挤在我家里传看，那会儿，乡下人能见着照片的，极少。大家都说拍得好，跟真人一模一样。戴木匠的女人，还特意要走一张我大弟的照片。

我正专注地画着，耳朵画成红的，都画到脖子上去了。我爸不知什么时候，弯腰在我身后，他握住我的手，教我："耳朵应该这样画，衣裳应该这样画，衣裳上还有扣子的对不对？对了，这么画。"小矮凳上，一个笑微微的"爸爸"，出现在我跟前。后来好长一段日子，我迷上了画画。

是这年夏天吧，我爸去老街上有事，给我买了一双塑料凉鞋带回来，白色的。那天，刚好隔壁村放电影，我穿着这双凉鞋，牵着我爸的手，去看电影。我每走一步，都把脚抬得高高的，我是恨不得全世界的人都知道，我穿了一双新凉鞋。黑天里什么也看不见,那双凉鞋的白,却极其耀眼。

我八九岁时,出水痘,我爸在他处带民工挖河。那时,吾乡一到冬天农闲,就要组织民工,四处去疏浚河流。这里的民工去往那里,那里的民工调到这里来。我家里曾住过他村的民工,他们在我家堂屋里打地铺,我奶奶捧了厚厚的稻草给铺了,那样的"床",散发出极浓郁的稻草香。晚上,民工们凑在一起打牌,我们兄妹几个在旁边观看,看到夜深,还意犹未尽。家里住着这么多的人,真让我们兴奋,我妈得一个一个把我们捉上床才行。灯熄,堂屋里的鼾声此起彼伏,我们的房门没关,听得清清楚楚,一个夜,竟安静幸福得不得了。

那时候,谁会防着谁呢?——谁也不用防着谁的。所有的微笑,都是发自内心。所有的相待,都是拿出本心。也还跟洪荒年代似的,在自然界最初的法则里,人与人,只有拧成一股绳,才能更好地生存。

我爸负责一支工程队,带了上百个民工,吃住都在工地,十天半月都难得回一趟家。我出水痘的消息,我爸听到,他连夜赶回,顶着一头的霜雪。我看到我爸,高兴得病也似乎好了,我对他说:"爸爸不要走。"我爸弯腰在我床头,很温柔地答应:"好的,爸爸不走。"

十几岁时,我爸陪我去商店扯布,做过年的衣裳。商店里也有来挑布的,是几个女人,她们看着我,说:"这孩子长得多好看啊,像昨天晚上电视上看到的。"

我爸本来已挑好一块布,却突然改变主意,重新挑了一块较贵的料子,淡蓝的底子,碎粉的花。他跟我提到两个在我那时听来,很新颖的词,一个是素淡,一个是优雅。他说:"女孩子要穿得素淡一点,才显得优雅。"

这两个词,从此被我收藏。

我爸一直试图改变命运。

吾乡招考农技员,我爸报名了,是年,他50岁。

一同报名的,还有我小娘娘——我爸最小的妹妹,我爸是把她当孩子来养的。

他们躲进村里一户人家的小阁楼上复习,如同过去小姐坐闺房,足不出户了,饭都是我妈送了去。一个月后,我爸考上了,我小娘娘却落了榜。我爸做了村里的农技员,有正式任命的证书。

我爸跨入到村干部的行列,这让他扬眉吐气。他走起官步来,双手背在身后,腰杆笔直,走在田埂上,视察农田,像古代帝王视察他的疆土。他还不时地在广播里讲讲话,对着全村的村民,什么时候棉花该播种了,什么时候水稻该泼浇了。他指挥着村民种庄稼,像指挥着千军万马上战场。我笑他虚荣,我爸很正式地说道,他的证书,是千真万确的,是有技术含量的。

我爸做到65岁上,才从这个岗位上退下来。家里还不时有村民上门来找,他们只认他这个老农技员的。

我爸奋发图强的时候,我爷爷通常已骑上他那辆二八自行车,去了老街。他一大早出门,到晚上才回来,什么也没买,他只是看街景去了。

郑板桥写,难得糊涂。郑先生写这四个大字时,是很纠结的吧,他一辈子也没真正糊涂过,仕途不顺,穷困潦倒,卖画为生,世态炎凉皆落他眼底。他向往糊涂,做人若做到糊涂的分上,是境界,是福分。我爷爷比郑先生幸运,他根本无须修炼,自然天成。他诸事不问,怎么着都是好的,倒保留了内心最初的澄明清静。又省了麻烦,别人是懒得跟一个糊涂人计较的。我妈那么火爆的脾气,与我爷爷却连口角也不曾有过一回。

我考上大学,在外地。我爷爷去看我,我把他安排进男生宿生,跟一个男生睡在一起,他居然能一待就是半个月。我上课,没空陪他,他就自己去街上转,回来,告诉我,那么多的车啊。那么多的人啊。那么多的高楼啊。

我结婚成家,最初是在一个小镇,离老家也就三四十里地。我爷爷三天两头骑了车去我那里,有时在我家住上一宿,有时不。四处转转看看,他就很高兴了。只有一回,他拉着我的手说:"伢儿,我是走一回少一回啊。"那是他说的唯一的伤感的话。那会儿,他七十好几了。

十年后,我搬离那个小镇,一去上百里,我爷爷再没到过我家。每次我回老家,我都说要接他来城里玩,我爷爷很高兴地等着,然因这样那样的原因,最后都没能成行。

我爷爷到86岁了,也还能骑着自行车,去老街上看街景。后来骑不动了,他就拄着拐,挪去村部小商店那里。那里人多,他撑在那儿听人闲聊,一撑就是大半天。

我爷爷活到92岁,寿终正寝。面容如活着时一样,笑眯眯的,像个老顽童。

我爸总结:"你爷爷玩乐了一世。"

一屋的亲朋都笑了,人声喧喧。活到我爷爷这般年纪老去,丧事是当作喜事来做的。

我很想在我爷爷的墓碑上刻上这样一行字:

这里躺着一个可爱的好玩的老头

但按吾乡风俗,刻碑这件事,怎么着也轮不上我这个小孙女的。我咽了咽唾液,终没把这个想法提出来。

我姐告诉我一件事,说我考大学那两年,爷爷天天早起焚香,祈祷我能高中。

这件事,爷爷一直没对我说过。

春日暖阳,老家屋后,红旗河边的柳,已堆积成烟,我爷爷下了葬,埋在老家的桑树地里。那些桑树,曾养过许多的蚕。

我去送葬。看着那方装了他骨灰的小盒子,慢慢地,一点一点,被土掩了。

起风了。亲人们站着望一会儿,也都散了。

唐代李咸用的《早秋游山寺》中,有这么几句:"至理无言了,浮生一梦劳。清风朝复暮,四海自波涛。"人生有时真的不过浮梦一场,终归于寂寂与寥寥。

那些旧物件里的念想

父亲有本记账本,跟随了父亲大半辈子,被父亲悉心保存着。红色的硬皮面套着,纸张发黄,上面的笔迹,好些已模糊不清,小蝌蚪一般的,团在一起。——难怪,有它的时候,我们兄妹几个,都还未出世的。

账本里夹着一张小纸条,小纸条宽约两寸,长约二十厘米。上面写的话,早就印在我们脑子里了。那句话,像花朵微微吐蕊,是羞涩的一点点:"煜,我喜欢你。"落款:毛小妹。铅笔字,字迹齐齐地朝着一边倾斜,草芽儿似的,似不堪承载夜露的沉。

煜是父亲的名。那个时候,父亲十八九岁。据讲,是面皮白净一后生,断文识字,且会吹拉弹唱。这样一青春少年郎,在一群大字不识一个的乡亲中间,很有点鹤立鸡群的意思了。虽说当时我父亲家里的成分不好,但乡亲们还是推举他做上会计,管几百户人家的账目往来。

年轻的父亲满怀激动,特地跑去几十里外的老街上,很奢侉地买回一本硬塑料本，专门用来记账。田间地头，父亲埋头写字的样子，一定像极一棵饱满的植物，蓬勃蓊郁，吸人眼球。毛小妹就是在这个时候，暗暗喜欢上我父亲的吧？年轻的姑娘怀了极大的决心，写了纸条，落笔是轻浅的几个字，却又是情深意长的："我喜欢你。"她把它偷偷塞进父亲的记账本里，也把它塞进了父亲的心里面。

父亲最终并没有娶毛小妹，而娶了我母亲。其中变故，父亲缄默不提，我们便无从知晓。但晚年的父亲，有这么一件青春的物件在，是颇得安慰的。他偶尔翻翻，会微微笑起来，那里面，他的青春正葱茏。

母亲也有件旧物件，是一件嫁衣。据说是母亲出嫁时，父亲送她的唯一彩礼。淡绿的底子上，散落着一些小红点，不过是件纯棉的袄子，母亲却珍爱得非比寻常。印象里，那件嫁衣一直躺在一只深红的樟木箱子底，里面散发出浓烈的樟脑丸的味道，箱子上，挂一把铜锁。我和姐姐对那只箱子，曾生出过无限向往，觉得那里面装着的，都是神秘和美。

每年梅雨前，母亲会"咔嚓"一下，打开那把小铜锁，搬出嫁衣，在大太阳底下晒一晒。母亲的手，轻轻抚过嫁衣，一寸一寸的阳光，便在她手底下蹦跳着，花朵一样的。我们站在不远处看，看呆了，黑瘦的母亲，衬着阳光的花朵，看上去多么动人。

这件嫁衣，母亲一直没舍得穿，即使在最困难的年代。嫁衣便一直簇新簇新的，淡绿的底子上，缀着一些小红点。母亲还会在梅雨前，把它搬出来，搁在大太阳底下晒。她青筋盘结的手，抚过嫁衣，抚过那些小红点，沟壑纵横的脸上，现出极端温柔的神色。岁月的河流，在她手底下哗哗流过，那是一个女人一生中，最为完美的绽放。

突然想起曾看过的一部老电影，一个女人，历经磨难，经历战乱，饥荒，一场又一场的斗争，身边的亲人，一个一个离她而去，只剩她侥幸地活了下来。余生也短，她独守在一幢旧房子里，抱着一只木匣子，坐在窗前，慢慢翻。木匣子里，有她年轻时的照片、年少时用过的几方手帕，还有从前的恋人写给她的信。她的手指，一下一下划过那些旧物件，苍老的脸上，缓缓浮上了天真的笑。窗前花树的影子，飘落在窗台上，堆得满满的，都是时光曾走过的样子。再孤寂惆怅的日子，有了这份念想，到底能像余炭似的，把她的心，暖一暖，再暖一暖。

岁月渐深，我对一些旧物件，也特别地眷念起来。我翻找出当年中学时的日记本，在老家墙角积满灰尘的纸箱子里。那一刻，我的心竟狂跳不已，如同尘世里的再相逢。嗨，你还在这里吗？——哦，是的，我在，我在呢。

日记一共有五本，普通的记事本，有本封面上印着个撑伞的女孩，雨巷深深。有本封面上是一树的花开，树下跳着放风筝的孩子。有本是一扇窗，风吹着挂在窗下的风铃。——符合当年我的心境，纯净，柔软，敏感，爱做梦。我翻开一篇，上面写道：

今日晴，心情却不晴，数学考得很糟糕。

再翻一篇，上面咬牙切齿着：

某某，你等着，我不会让你小瞧我的！我一定会证明给你看的！

再一篇，上面只有一行字：

人生的意义，在于不断拼搏。

有时用圆珠笔写，有时用钢笔写，字不好看，笔画瘦长，远不似我今日的圆润。但我心里，却漫过一波一波的浪，感谢它们还在，让我不至于迷失了来时的路。

也问母亲找来我小时穿过的鞋。只巴掌大，鞋头上绣着黄瓜花，那是我外婆的手艺。我望着鞋，惊奇于自己曾经那么的小。外婆的身影，穿云破雾而来。矮小的女人，一生活得贫瘠悲苦，却少听到她抱怨什么，脸上总是笑微微的。她一个人住，在草屋前，搭了竹架子长黄瓜，花开时节，自然形成花廊。远观去，黄的花，大朵大朵，密密的，攀缘而上，攀缘而下，艳到极致，又淡到极致。外婆就坐在这样的花廊下做针线，安详得让人忘了时间流转。这世上，所谓的消失，原只是相对的。总有些旧物件，让走远的一切，重又一一走回。

有高中同学不远千里来，只为取回我手里的照片。她说她找不着她的曾经了，与过去有关的物件，全在辗转之中遗失。当她得知我还留有她当年的照片，竟为之兴奋得失眠。那是她贴在我的毕业留言簿上的，黑白的一寸照，上面一张稚嫩的娃娃脸，青涩着，素面朝天。多年之后的我们，站在车站的广场上对望，彼此早已不复当年的青嫩。"你看你看，这是那时的你啊。"我们这么望着留言簿上的照片笑，笑着笑着，就笑出了两眶泪。风轻轻拂过，身旁人潮汹涌。

总要等到一些年后，你才明白，一些旧物件里，藏着你的念想。旧日回不去的光阴——无论欢喜，无论疼痛，都是好的，因为，那是你曾经努力活过的印迹。

乡下的年

乡下的年,是极为隆重的。

从进入腊月起,人们便开始着手为年忙活。老人们搬出老皇历,坐在太阳下,眯缝着眼睛翻,哪天宜婚嫁,哪天祭神,哪天祭祖,一点不含糊。村庄变得既庄严又神秘。

蒸笼取出来了。井水里清洗,大太阳下一溜排开了暴晒。孩子们望着蒸笼,一遍一遍问,什么时候蒸馒头啊?什么时候做年糕啊?大人答,快了,快了。这等待的过程真叫熬人。看看天,那太阳怎么还不西沉,日子怎么还不翻过一页去!灰喜鹊站在光秃秃的树上,欢天喜地叫着。喜鹊也知道要过年么?孩子们也仅仅这么想一想。那边的鞭炮在响,噼噼啪啪,噼噼啪啪,震得小麻雀们慌张地飞,眼前一片红在闪。娶新娘子呢。一溜烟跑过去。一路上,全是看热闹的人。

也终于盼到家里蒸馒头了。厨房里烟雾弥漫。门前早就摊开几张篾席,一蒸笼一蒸笼的馒头,晾在上面。孩子们跳着进进出出，敞开肚皮吃，直吃到馒头堵到嗓子眼。门前不时有人走过，一脸的笑嘻嘻。不管平日关系是亲是疏，这时候，定要被主家拖住，歇上一脚，尝一尝馒头的味道。他们站着亲密地说话，说说馒头发酵发得有多好。问问年货准备得怎么样了。空气变得又酥又软，对着它轻轻咬上一口，唇齿仿佛都是香的。

河里的鱼，开始往岸上取了。一河两岸围满观看的人。鱼在河里扑腾。鱼在渔网里扑腾。鱼在岸上扑腾。翻着白身子。人们的眼光，追着鱼转，心里跳动着热腾腾的欢喜。多大的鲲子啊，往年没见过这么大的呢，人们惊奇着。——往年真没见过吗？未必。可人们就是愿意相信，今年的，就是比去年的好。

河岸上撒满被渔网带上来的冰碴碴，太阳照着，钻石一样发着光。孩子们不怕冷，抓了冰碴碴玩，衣服鞋子，都是湿的。大人们这个时候最宽容了，顶多是呵斥两声，让回家换衣换鞋。却不打。腊月皇天的，不作兴打孩子的，这是乡下的规矩。孩子们逢了赦，越发的"无法无天"起来，偷了人家挂在屋檐下的年货——风干的鸡，去野地里用柴火烤了吃。被发现了，也还是得到宽容，过年么！过年就该让孩子们野野的。

家里的年货，一样一样备齐了，鸡鸭鱼肉，红枣汤圆，还有孩子们吃的糖和云片糕。糖和云片糕被大人们藏起来，不到年三十的晚上，是绝不会拿出来的。孩子们虽馋，倒也沉得住气，看得见的甜就在那里，不急，不急。

掸尘是年前必做的大事。大人小孩齐动手，家里家外，屋前屋后，悉数被打扫得干干净净。甚至连墙旮旯儿的瓶瓶罐罐也不放过，都被擦洗得锃亮锃亮的。

多干净啊。旧年的尘埃,不带走一点点。新年是簇新簇新的,孩子们在洁净的门上贴春联,穿花洋布,吃大肥肉。这是望得见的幸福。猪啊羊啊跟着一起过年,猪圈羊圈上贴上横批:六畜兴旺。

零碎的票子已备下了,那是给卖唱的人的。年三十一过,唱道情打竹板的就要上门来了。自编自谱的曲儿,一男一女,或是一个男人,倚着门唱:东来金,西来银,主家财宝满屋堆。声音闪着金属的光芒。到那时,年的气氛,达到高潮。

祖母的葵花

我总是要想到葵花,一排一排,种在小院门口。

是祖母种的。祖母侍弄土地,就像她在鞋面上绣花一样,一针下去,绿的是叶,再一针下去,黄的是花。

记忆里的黄花总也开不败。

丝瓜、黄瓜是搭在架子上长的。扁扁的绿叶在风中婆娑,那些小黄花,就开在叶间,很妖娆地笑着。南瓜多数是趴在地上长的,长长的蔓,会牵引得很远很远。像对遥远的他方怀了无限向往,蓄着劲儿要追寻了去,在一路的追寻中,绽放大朵大朵黄花。黄得很浓艳,是化不开的情。

还有一种植物,被祖母称作"乌子"的。它像爬山虎似的,顺着墙角往上爬,枝枝蔓蔓都是绿绿的,一直把整座房子包裹住了才作罢。忽一日,哗啦啦花都开了,远远看去,房子插了满头黄花呀,美得让人心醉。

最突出的,还是葵花。它们挺立着,情绪饱满,斗志昂扬,迎着太阳的方向，把头颅昂起，再昂起。小时候我曾奇怪于它怎么总迎着太阳转呢，伸了小手，拼命拉扯那大盘的花，不让它看太阳，但我手一松，它弹跳一下，头颅又昂上去了，永不可折弯的样子。

凡高在1888年的《向日葵》里，用大把金黄来渲染葵花。画中，一朵一朵葵花，在阳光下怒放，仿佛是"背景上迸发出的燃烧的火焰"。凡·高说，那是爱的最强光。在颇多失意颇多彷徨的日子里，那大朵的葵花，给他幽暗沉郁的心，注入最后的温暖。

我的祖母不知道凡高，不懂得爱的最强光，但她喜欢种葵花。在那些缺衣少吃的岁月里，院门前那一排排葵花，在我们心头，投下最明艳的色彩。葵花开了，就快有香香的瓜子嗑了。这是一种香香的等待，这样的等待很幸福。

葵花结籽，亦有另一种风韵。沉甸甸的，望得见日月风光在里头喧闹。这个时候，它的头颅开始低垂，有些含羞，有些深沉，但腰杆仍是挺直的。一颗一颗的瓜子，一日一日成形，饱满，吸足阳光和花香。葵花成熟起来，蜂窝一般的。祖母摘下它们，轻轻敲，一颗一颗的瓜子就落到祖母预先放好的匾子里。放在阳光下晒，会闻见花朵的香气。一颗瓜子，原来是一朵花的魂啊！

瓜子晒干，祖母会用文火炒熟，这个孩子口袋里装一把，那个孩子口袋里装一把。我们的童年就这样香香地过来了。

如今，祖母老了，老得连葵花也种不动了。老家屋前，一片空落的寂静。七月的天空下，祖母坐在老屋院门口，坐在老槐树底下，不错眼地盯着一个方向看。我想，那里，一定有一棵葵花正在开放，开在祖母的心窝里。

第五辑　去细嗅蔷薇

住在自己的美好里

一只鸟，蹲在楼后的杉树上。我在水池边洗碗的时候，听见它在唱歌。我在洗衣间洗衣的时候，听见它在唱歌。我泡了一杯茶，捧在手上恍惚的时候，听见它在唱歌。它唱得欢快极了，一会儿变换一种腔调，长曲更短曲。我问他，"什么鸟呢？"那人探头窗外，看一眼，说："野鹦鹉吧。"

春天，杉树的绿来得晚，其他植物早已绿得蓬勃，叶在风中招惹得春风醉。杉树们还是一副大睡未醒的样子，沉在自己的梦境里，光秃秃的枝丫上，春光了无痕。这只鸟才不管这些呢，它自管自地蹲在杉树上，把日子唱得一派明媚。偶有过路的鸟雀来，花喜鹊，或是小麻雀，它们都是耐不住寂寞的，叽叽喳喳一番，就又飞到更热闹的地方去了。唯独它，仿佛负了某项使命似的，守着这些杉树，不停地唱啊唱，一定要把杉树唤醒。

那些杉树，都有五六层楼房高，主干笔直地指向天空。据说当年栽植它们的，是一个学校的校长，他领了一批孩子来，把树苗一棵一棵栽下去。一年又一年，春去春又回，杉树长高了、长粗了。校长却老了，走了。这里的建筑拆掉一批，又重建一批，竟没有人碰过它们，它们完好无损地，生长着。

我走过那些杉树旁，会想一想那个校长的样子。我没见过他，连照片也没有。我在心里勾画着他的形象：清瘦，矍铄，戴金边眼镜，文质彬彬。过去的文人，大抵这个模样。我在碧蓝的天空下微笑，在鸟的欢叫声中微笑。一些人走远了，却把气息留下来，你自觉也好，不自觉也好，你会处处感觉到他的存在。

鸟从这棵杉树上，跳到那棵杉树上。楼后有老妇人，一边洗着一个咸菜坛子，一边仰了脸冲树顶说话，"你叫什么叫呀，乐什么呢！"鸟不理她，继续它的欢唱。老妇人再仰头看，独自笑了。

一天，我看见她在一架扁豆花下读书，书摊在膝上，她读得很吃力，用手指着书，一字一字往前挪，念念有声。那样的画面，安宁、静谧。夕阳无限好。

后来，听人在我耳边私语，说这个老妇人神经有些不正常。"不信，你走近了瞧，她的书，十有八九是倒着拿的，她根本不识字。不过，她死掉的老头子，以前倒是很有学问的人。"

听了，有些诧异。再看见她时，我不由得放缓脚步，多打量她几眼。她衣着整洁，举止安详。灰白的头发，被她编成两根小辫子，搭在肩上。她埋头做着她的事，看书，或在空地上，打理一些花草。

我蹲下去看她的花草。一排的鸢尾花，开得像紫蝴蝶。而在那一大丛鸢尾花下，我惊奇地发现了一种小野花，不过米粒大小。它们安静地盛放着,粉蓝粉蓝的,模样动人。我想起一句话来,你知道它时,它在开着花,你不知道它时,它依然开着花。

世上所谓美好的事物,大抵都如此,只安静地住在自己的美好里,这才保存了它们的本性,留住了这个世界,最原始的天真。

那些温暖的……

邻家女人，上街买菜，"捡"回一老妇人。老妇人衣着整洁，不像久经流浪，或无家可归的。却神情呆滞。在街上见到邻家女人，就一直跟她后面叫"小毛"。小毛是谁？无人知晓。揣测，或许，是老妇人的女儿。

邻家女人本想一走了之，篮子里一蓬菜蔬，提醒她快快回家做饭去。回头，却瞅见一张饱经风霜的脸，那脸上，毫不设防地，写着对他人的依恋。她的心当下软了软，想，要是她不管，老妇人不定流落到什么地方去呢。于是，她把老妇人领回家。

老妇人这一待，就待了半个多月。这期间，邻家女人像对自家老人一样，好茶好饭待她，还带她去浴室洗澡。一边满世界留心着，哪里有寻人的。老妇人除了说"小毛""小毛"外，不记得任何的人和事。有人跟邻家女人开玩笑：你还要为她养老送终啊？邻家女人说：真的那样，也无所谓啊，不过是煮饭时，多放一碗水。不久的一天，老妇人的女儿终于找来，对邻家女人千恩万谢。邻家女人不在意地笑，说：匀出一口饭，就能救活一条命哪。

去国贸大厦旁的广场散步，在晚上。总看到一群快乐的人，随着音乐在空地起舞。每天的每天，都是如此。音乐的来源，原是一台旧收音机。后来换了，换成簇新的DVD机。一辆自行车架着。观察过几次，发现自行车的主人，是一对老夫妇。

跳舞的人，是不定数的。谁高兴了，都可以进去跳两圈。不断有人加进去。起初也只是一些老年人，后来一些年轻人也参与进去了。快乐在音乐中沸腾，单纯的飞扬的。

某天，我在一边看着，终忍不住，走过去问那对老夫妇：是免费来这儿放音乐的吗？他们说：是啊，每晚七点准时到。

瞧，这都是我们新买的碟片，买的新华书店的，正版的，效果很好呢。老妇人举着新买的碟片让我看，我看到碟片上印着飘飞的裙裾，是些慢三或慢四，全是舞曲。

我倾听，效果果真很好，音乐似泉水潺潺流。我开玩笑说：可以适当收点费的呀。老妇人笑了：收什么费呀，自己找乐子呗，看着大家高兴，我们也高兴。

原来，这世上，只要匀出自己的一份快乐，就会快乐另一些人，甚至，一个世界。

小城里，蹬三轮车的人，多。满大街随便走着，就有车夫跟后面殷殷问：要车啵？我曾烦过这个，觉得他们特缠人。近日却偶听来一个真实的故事，故事说的就是这样一群三轮车夫，他们不富裕，有的甚至很贫穷，却能自发地，去照顾一个不幸的老人。老人有过幸福的过往，两个儿子，都成家立业了。一次车祸，却让一个幸福的家，瞬息间支离破碎，老人的两个儿子，双双遇难。所得赔偿金，老人分文未要，全给媳妇了。家产也悉数分光。孑然一身的老人，混在一群三轮车夫里，蹬三轮车谋生。但因人老体衰，再加上三天两头生病，养活自己，也是难的。好在有其他三轮车夫帮衬着，不断送吃的送用的。

　　这是生活在社会最底层的一些人，他们寻常得常常被我们忽略，可是这个世界，却因他们身上散发出的善和暖，一点一点美好起来。现在走在大街上，我的眼睛，总是有意无意停在一些三轮车夫身上，是他，还是另一个他，在默默匀出自己的温暖，送给他人？他们的脸上，没有答案。他们一如以往，为生存奔波着，路过你身边时，还会殷殷问：要车啵？眨眼间，他们的身影，没入人群里。再走进人群，我的身前身后，总像流淌着一条温暖的河。

去细嗅蔷薇

暮春多好，蔷薇花开。不是一棵一棵地开，而是一墙一墙地开，一河一河地开，一花廊一花廊地开。

我因嘴里动了个小手术，整张脸肿得很卡通，不宜出门，故闷在家里几天。再出门，发现外面已"改朝换代"了，一个城池都被蔷薇花攻占，红的，粉的，白的，千朵万朵亿朵亿万朵，泼天的绮丽气象啊！春天谢幕的一场大戏，蔷薇花几乎全给包干了，朵朵精神着的小花朵，连缀成一首缓缓行走的长诗，为春天唱着最后的颂歌。

这个时候的风是蔷薇风，雨是蔷薇雨，月是蔷薇月，光是蔷薇光，人差不多也是蔷薇人了。

人变得温柔了。

在蔷薇花跟前，你好意思张牙舞爪龇牙咧嘴的？反正我是不好意思的。我连呼吸也要放轻了。

蔷薇花耐看，细皮嫩肉着，又柔弱又天真，是无邪的小女儿。它又是香的，香得很斯文，一缕一缕的香，浅浅浮在你的鼻端，就像一个诱惑，一个陷阱。感官再麻木的人路过蔷薇花，也很难做到熟视无睹置若罔闻。我见到两个老头边走边激烈争论着什么，无意中听了一耳，竟是关于国际大事的，谁打谁，最后谁会赢。一个说服不了另一个。他们争着吵着，就走到一个蔷薇花廊下了，一时间，两人都噤了声，有些吃惊地打量着眼前铺天盖地的蔷薇花。

"这花真好看。"一个老头说。

"这是蔷薇花。"另一个老头说。

"真香。"一个老头说。

"嗯，是很香。"另一个老头同意道。

刚刚的争论抛到脑后去了，他们一起赏起花来。我走一圈过来，两人还站在那儿研究着花。想来再急躁的性子，到了蔷薇花跟前，也没了脾气。在蔷薇花跟前，宜放松。宜轻吐慢纳。宜和解。宜深情。当你深情地凝视着一朵蔷薇花的时候，这朵蔷薇，就开在你心里。

河边的蔷薇更有看头。我家附近有河，南北走向，岸畔全是开得好好的蔷薇。你站在那儿，对着一河两岸的花看，恍惚觉得那些花都是小鱼吐出的泡泡，一吐一大串。河被花占领了，寻常的河，变得波澜壮观起来。河两岸各站着一个男人，一动不动对着河里看。我以为他们是在看花。岸上开多少花，河里就有多少。河里的花比岸上的更具动感，它们是会游动的。然他们告诉我："在看鱼。"唉，真煞风景。可我很快原谅了他们，他们能在那么多斑斓里，寻找到鱼的身影，这本身也是件相当美妙相当有本事的事情。鱼在哪儿？每一朵游动的蔷薇花，都是一条彩色的小鱼。

蔷薇也宜细嗅，它的体香是细水长流般的，轻飘慢拂。路过一丛蔷薇，你不要急着走，你且弯下腰去，凑近花朵，嗅，再嗅，一股细细的甜香，就软软地注入你的心田，让你动弹不得，让你想微笑，想说些温暖的话。生活里再多不好的体验，也都选择原谅选择和解选择遗忘吧。这一刻，风和日丽，有蔷薇花开，便是人间美好。

我的"瓦尔登湖"

十多年前,跟那人回他的老家,偶经过海边森林,我被那无边无际的林木,惊着了。杉树、杨树、银杏,不一而足,都是成片成林地长着的。还有大片大片的竹海。那之前,我一直以为森林离我远着的,它应该远在某座大山里,远在西双版纳那样的地方。

后来得知,这个森林,是上个世纪六十年代,下放来此的上海、苏州、无锡的知青们,开垦荒地,一锹一土给挖出来的。每一棵树、每一片叶子里,都有着从前的青春热血,和一些说不清道不明的情绪。它是属于记忆的。

从此,心里有了记挂。每隔些日子,烦躁了,郁闷了,空落了,我会对那人说,去看看森林吧。于是我们一路向着海边去,百十里的车程,也便到了。

我徜徉在那些杉树林里。枝叶筛下点点日光,水波一般,而我,是水里面快乐游弋的一条鱼。或者,穿梭在绿得像绿水晶一般的竹林里。我被绿染得青翠通透,我是绿莹莹的一个人了。那会儿，我总疑心我是到达了某个海底。

有一次，我们还意外撞到一块野葵地。无数朵野葵花，寂静无人地开着。白色的飞鸟出没其间。旁有小河静静卧着，河水缓缓流淌。河面上，野鸭几只，凫游着，亦是静静的。

还撞到一间小茅屋，在竹林的顶端。是守林人的。他在屋门前，刨着一小段木块，说是要做个灯笼。一人，一狗，几只鸡。有扁豆花兀自在茅屋顶上，开得静悄悄的。那样的静好，是前世今生，是地久天长。它让我生了贪恋，要是能住在那里就好了。当这种欲望越来越强烈时，我开始着手实现它。

我搁下手头在做的事。我不带电脑，只带着一颗心，和一本书，奔了森林去。书是木心的。木心说，文字的简练来自内心的真诚。"我十二万分地爱你"，就不如"我爱你"。多么简单有趣的一个人！我想说的是，生活的简练也来自内心的真诚。你过着怎样的生活，有时，取决于你的内心。舍弃一些繁复与牵绊，其实并不难，难的是，你有没有真心想舍弃。

梭罗因厌倦城市的混沌污浊，一口气跑到远离尘烟的瓦尔登湖，在湖畔筑小屋独居，一住就是两年多。在那两年多的时间里，他和湖水、森林对话；和飞鸟、虫子交朋友；观看小蚂蚁们打架；晨迎朝霞起，暮送夕阳归。并在他的小木屋四周，开荒种地，自给自足。完全回归到大自然，成为大自然之子。

每个人的心中，都有一个"瓦尔登湖"的。

我的"瓦尔登湖"，就是那个海边森林。它在我的东台。它在黄海之滨。

江南小记

一

到江南,在一个叫花桥的小镇住下来。

站二十一层楼的窗口,视线落下,便可观满眼的青翠葱茏。侧耳,也可听鸟鸣声声。这幢楼的拐角处,有两丛木槿,开紫粉的花。楼前花坛里,有几棵铁树,开金黄的花。还有黄秋英,开艳黄的花。还有紫娇花,开紫色的花。还有波斯菊,开五颜六色的花。此外,有橘子树,有紫薇、玉兰树、樟树、枫树等树木。对我来说,有这些在,够了。

每日散步的路径都有所不同,昨日向东走的,今日就向西走。这方小天地我是初相见,每一份遇见,也便带着很大的意外和惊喜了。遇到我不认识的花或草,遇到猫或狗,遇到清澈的小河和小池塘,我都怀着兴奋,珍重地打声招呼。

林中空地,一个穿红裙的小女孩快乐地惊叫着,蹲下小身子，指着草地上爬着的一只小虫子。这是她发现的，她为这个伟大发现而激动不已。两个小男孩应声跑过去，三只小脑袋凑到一起了，叽叽喳喳对着地上的虫子指指点点。

我也很想凑过去，与他们一同，观看地上那只爬动的虫子。但我瞬即打消了这个念头，那样做，肯定会打搅到他们。还是这样最好，他们看虫子，我看他们，都看得兴趣盎然的。

二

想去古镇看看，抬脚便去。

花桥周边多古镇。周庄看完了，去锦溪。锦溪看完了，去千灯。千灯看完了，准备去南翔。西塘、甪直、朱家角、同里、沙溪等古镇也都离得不远，慢慢走，慢慢看吧。

不带任何目的，不带任何梦想，只是单纯地去走走，去看看。这样的行走，真的轻松愉悦。

有时我会停在一座桥上。偶尔有船只，摇进一蓬碧绿里。那蓬绿，是岸上的树，弯到河面上了。

有时我会停在河边，望对岸的白墙黛瓦。白墙的白水泥斑驳得很了，露出里面的红砖。绿苔密布墙围。屋顶上有野草在谈天说地。我知道，这房子应该有很多年很多年了。但我并不想深究里面的故事，一点也不想。只是那样看着，像欣赏一幅画般地看着，就很好了。

我也会痴痴对着弯到水边的一丛红蓼看上半天。它弯向水面的样子，很像浣衣的女子哎。

青石板的巷道走一走吧,两边的店铺有的开着,有的关着,因疫情的缘故,萧条得很了。但总有几家是热气腾腾的,芡实糕、桂花糕、红豆糕、芝麻糕,香喷喷的糕啊。江南人真是做糕点的能手呢。

我买几只糕点尝尝。不管世事怎么变幻如何艰难,只要还有甜点可吃,日子也就没那么苦了。等一等,熬一熬,好运会来的。

南有乔木

我从西双版纳回来后,有好长一段时间都不适应,神思一直恍惚着,耳畔总响着榕树叶子掉落的声音。

那是棵高山榕,就长在我住的屋子的对面。好像是从巨人国里走出来的,身躯健硕,高不可仰。有风时,它掉叶子。无风时,它也掉叶子。整出的动静是大的,有时是哗啦啦的,有时是咔嚓咔嚓的,有时是簌簌簌的。我初入住到山上时,夜里躺床上,老疑心门前有人走动。起床查看,才知是榕树在掉叶子。

辛丑年的冬天,我一为躲避北方的严寒,二为给自己一段清宁,跑到西双版纳的一座山上住下。那里无丝竹之乱耳,无人声之劳神,人自在得如同山上的一棵树、一株草、一朵花、一只鸟、一芥虫子。

午后,我常常坐在阳台上,面朝着这棵高山榕,翻着一本书。书哪里看得进去呢?比脚掌还大的榕树叶子一直在掉落,哗啦啦,咔嚓咔嚓,簌簌簌,有时还会换成沙沙沙,天然谱成的乐曲啊。我想着，若时光的移动也有声音的话，差不多也是这样的声音吧。我浸泡在这样的声音里，身体和情绪都是懒懒的，有时能听上一下午，耳朵都听醉了。

在山上，我有幸启开了我的听觉之门，无意中走进声音的旷野和浩瀚中，相遇到朵朵声音之美，绝不亚于你的眼睛所见到的赤橙黄绿姹紫嫣红。

风走过榕树，和风走过鸭掌木、狐尾椰、美丽异木棉、王棕的声音是不一样的；

风走过一朵扶桑，和风走过一丛红粉扑花、几簇蓝花草的声音是不一样的；

风走过旅人蕉，和风走过蝎尾蕉、夜来香、三角梅的声音是不一样的。

在那里，一座山就是一个独立王国，所有的臣民都安居乐业着，歌舞升平。风走到那里，就如同走进一座摆满乐器的宝库里了，随便一弹，都是一首大曲，随即会引来千万声的应和。每一个生命体的身上，都挂满音符，我能在静里头感受到这一点。住在基诺山的基诺族人说，神灵无处不在。他们相信山有山神。水有水神。地有地神。火有火神。太阳有太阳神。月亮有月亮神。每个屋子里，又都住着家神。我深以为然，万物原都是有灵魂有声音的。星夜下，我甚至能听到叶子的呼吸、花朵的呼吸、露水的呼吸、薄雾的呼吸，轻微的、鲜活的。更有那草虫的低吟、小鸟的轻呢、松鼠的私语、蛙的美声唱腔，各有各的趣儿，均是妙不可言的。对的，你没听错，是蛙叫。拐过一个山角，蛙就伏在一蓬怒放的三角梅下，呱咕呱咕地敲着战鼓。在那里，四季是模糊着的，林木、草虫、松鼠和蛙们，好像都没有冬眠的习惯。

斑姬啄木鸟弄出的声响最是生动，笃、笃、笃，笃、笃、笃……像敲着一节竹筒，没完没了地敲，跟小和尚在念经似的。它一敲起来，满山就只闻它的声音了。这个时候，你仿佛听到一座山的心跳，笃、笃、笃，笃、笃、笃，相当有节奏感。这小家伙警惕性高，藏身隐蔽，好隐于高高的树杪间，人往往只闻其声，不见其影。它有时也会跑到我对面的高山榕上，笃、笃、笃，笃、笃、笃，很勤勉地敲击着。据说它每敲击一下，就能捉住一只害虫。它对外部声音极其敏感，一旦发现于它不利的"敌情"，它立即停止敲击，迅速逃离。

一日，我又听到对面的高山榕上传出敲竹筒的声音，赶紧搬出相机，掩藏于窗后，轻轻把窗子拉开一条缝，仰头，把相机镜头拉到最大，对准榕树的树冠，一通搜寻。啊哈，它终于在我的屏幕上现身了！我这才得见它的真容。它可真是只漂亮的小小鸟，不过婴儿拳头大小，头顶缀一撮橙红，跟戴着一顶小帽子似的。背上覆着橄榄绿，两翅是褐色的，翅膀边缘染着黄绿色，尾巴上镶一圈黄白。这打扮真是异类又风情，好像要去参加万圣节。后来，每当这只小可爱降临到我对面那棵高山榕上的时候，我都觉得自己像中了大奖，什么也做不成了，傻乎乎站窗子后面谛听（阳台我是不敢待了，我怕影响到它）。有它在的每一寸时光，都跳动得很欢快。无数日常之中，我们惯于以视觉为主，以眼见之美为美，闭塞了听觉之门，把多少美妙之音关闭在门外啊。我们的耳朵，积满俗世的尘埃，在一浪一浪的灯红酒绿中，迷失掉听觉。世界其实也是被声音管理着统治着的。天地有大美,声音是大美的一部分。

如果逢着下雨,那一座山简直就跟过节一样,到处澎湃着兴奋的欢呼,你终于体会到什么叫"山呼"了。夜里,我被这样的"山呼"惊醒过,听到对面的高山榕上,像架起几十台架子鼓,咣当咣当敲着。又兼着雨打在一棵鸭掌木上、两棵凤凰木上、五棵腊肠树上、几簇蓝花草上,还有屋顶的瓦片上、屋后的一丛佛肚竹、一棵蓝楹树和几棵羊蹄甲上,高音中音低音混合音都有了,热热闹闹一场大型演奏会啊。我睡在暗里头听着,感觉自己是乘坐在一艘船上,绿色的波浪一堆一堆涌过来,拍击着船舷,发出高高低低愉悦的声响。我想到韦庄的"画船听雨眠"了,我这是"枕山听雨眠"啊,人生之幸福事件中,这算得上是上好的一件了。

高山榕头顶上的天空,大多数时候湛蓝得很过分,跟羊卓雍措的湖水一般的蓝。看着这样的天空,我总不免联想到青藏高原上的羊卓雍措,我怀疑就是那里的湖水,奔涌到这里的天上来了。而每一朵飘过来的云,都如同天山上的雪莲一般的白。

真得说说南方的云。那里的云,没有一朵是单薄的、郁郁寡欢的。它们丰满、健康、活泼,总是成群结队的,追逐着,奔跑着,陶然忘机,乐尽天真。我有时在山上散着步,偶一抬头,不得了了,一天空肆意游荡的云,仿佛放养了千万头的羊。山顶上,长着一棵高大的火焰木。云朵们冲着它而去,像驾着一艘白色的帆船,腾起一股白色的细浪。至于火焰木,我也是到了这座山上,才真正结识它的。这话说得其实不太准确,我从红河州一路行来，路边就多此树，长得又高大又健壮，举着一束束火把似的红花朵，站在公路两旁夺人眼球。我迷惑了一路，这到底是啥花呢？恨不得跳下车去问个究竟。入住到山上后，我在山顶上看到它，真是又惊又喜。我终于得知它的名字，火焰木。这名字叫得多体贴，它果真很像火焰，花朵雄踞枝叶顶端，橙红橙红的，恰如一簇簇熊熊燃烧的炉火。像旗帜。像口号。如果它喊口号，会喊什么？我想，它一定会这么喊：燃烧吧，火焰！

冬天山上开花的树不多，除了这棵火焰木，就只有几棵羊蹄甲和柚子树了。它完全能称王称霸了。很快，云朵们驾起的"白色帆船"，到达它的头顶上了。我的眼睛不敢置信地瞪大，再瞪大。我不敢发出声响，我怕惊着了那一幕。那艳艳的红，映着那清清白白的白，两厢都把真心彻底交付，红的更红了，白的更白了，绚美得就像一个绝境。你想着，即便那是深渊，你也无法抗拒要纵身一跃。我真想截下那艘"白色帆船"，再借红花朵一朵两朵，约上三五好友，划着它，往山的更深处去。南北朝的陶虹景中年后看破红尘，隐居山中修道，每日里只与清风和白云为伍，日子过得很是逍遥。当他接到齐高帝邀他出山的诏书后，客客气气写了一诗回复："山中何所有，岭上多白云。只可自怡悦，不堪持赠君。"在他，俗世的功名利禄，远抵不过一朵白云。闲闲淡淡之中，隐着他的富贵气象。那气象，是山中白云所滋养出来的。齐高帝不傻，哪里听不出他的弦外之音？可也只能笑笑，一点埋怨也不能有的。我却实打实地可惜着，山上这多这么好的白云啊，只能我一人独享了，没办法赠予谁。

当白云朵飘来我对面高山榕上的时候，便如同天降祥瑞。一树深广茂密的绿,变得更绿了。不用说,白云朵在树顶上待多久,我就看多久。看得心软塌塌的,想对所有的事物温柔,想对所有的人温柔,哪怕曾用恶语恶行伤害过我的人,我也能原谅他了。

　　季节在别处已是深冬,在那座山上,是没有冬天的,每天平均气温都在二十度左右。高山榕却为了应和季节,努力摆出一个姿态,做出一点改朝换代的事情,它舍掉一批叶子,再舍掉一批叶子。好奇怪的,它这么拼命地掉着叶子,看上去,依然是广阔蓊郁的,不见一点萧索。答案要在它身上找,它是一边掉叶子,一边长叶子的。四季常绿,这是它的本事。

　　也不是所有榕树都是四季常绿的。我在山上还遇到别的榕树,有我知道名字的,像木瓜榕和黄葛榕。也有我苦寻不到名字的。问当地人,他们肯定地说,这是榕树。当然是榕树,它具备着榕树最显著的特征,气生根。它从树冠上垂下好多条气根,这些气根相互勾结,重又缠上树干,使得树干看上去遒劲苍然,古意森森。它长在接近山顶的一条路旁,我散步,每每从它身边走过,总要多看它两眼。有时,我也会特地跑去看它。我看见过比小鸟大不了多少的小松鼠,在它的枝头蹦跳。我也看见比蝴蝶大不了多少的小鸟,站在它的树顶上啁啾。月夜里,我出门看月亮,突然想看看它在月下的样子。然后远远地,我就看到一个很奇幻的景象,黛青色的夜幕下,它苍劲拙朴的枝条,宛如手臂,把一个大月亮抱在怀里。

　　它的叶子掉落得很快,前后不足一星期,满树的叶子,就掉得光光的。新叶的萌生也很快,许是在它决定掉叶子的时候,它生长的接力棒,就已交给新叶了。也只两三天的工夫,它便又萌生出一树的新芽。嫩叶芽稍稍卷着,像刚钻出土的小竹笋,泛着溪水般的浅绿和浅褐。

上午的阳光照耀着它,它的每片嫩叶芽,都呈透明状态,里面游走着一丝丝金线。仿佛它的血液是金色的。我望着那些发光的"小金片",陷入沉思,原来,每片叶子的身体里,都藏着金子的。光,是一个发现者。那么,我们每一个人的身体里,是否也藏着金子呢?当光照着他,穿透他,他的灵魂,也会闪闪发光的吧。

几个当地傣族人簇在树下,朝树上仰着头,热切地说着话。树丫上已攀爬着一瘦小的妇人,肩挎一布包,忙着采摘嫩叶芽。她手脚灵活,蹲高爬低的,很是敏捷,看来她这一生中,没少上过树。那些高高的椰子树上,结着的椰子要采。那些粗壮的菠萝蜜树上,结着的累累的菠萝蜜要采。那些木瓜榕上,结着的木瓜榕要采。她还要采酸角,采腊肠果,采杨桃,采莲雾,哪一样不要爬上树去?她还要采了酸苞菜的嫩芽煲汤,采了羊蹄甲的花入馔。滇石梓的花是绝不能放过的呀,树那么高,一树香花黄澄澄地在树上招摇。泼水节的美食毫糯索里,是不能少了它的。加了它的毫糯索,不单色泽诱人香气扑鼻,高温下,还能存放好多天不坏。他们叫它"香花树"。一树开花,百家争着来采。

这日,我得知了这种榕树叶芽的吃法,可以炒着吃,可以凉拌着吃,也可以煨汤吃。他们送我一枚嫩叶芽,让我放嘴里嚼嚼看。能生吃的呀。他们说。我真的放嘴里了,味道有点苦,有点酸。他们见我皱着眉头,一齐哈哈笑了,有点苦吧?就是吃的这苦味呀，好吃！我知他们说的都是真的。我曾到过傣族人家做客，桌上有一半菜肴都是山上挖的野菜、树上采的嫩叶，主人家洗洗就端上桌了。吃的时候，蘸上他们自制的"喃咪"（相当于汉族人的酱。有酸的，有辣的）就好了。我吃不来，可傣族人却甘之如饴。特殊的气候和地理环境，加上山地多耕地少，使得他们熟知身边每样自然草木的习性，哪种可以解饥，哪种可以治病，哪种有毒，哪种甘甜，他们门儿清，以此度过悠悠岁月。

他们知道的自然秘密，远比别的人要多得多。

一定要，爱着点什么

我急于要跟你分享，一天空的云。

季节的流转，从不敷衍了事，一立秋，秋的景象，就显现出来，天空很高远，云也很肥硕。

午后，我站在阳台上张望的时候，有个惊人的发现，每家窗户里，原来都养着云。我回头看我家的窗，也发现了一窗的云，我很幸福地笑了。风一吹起，它们就飞奔出去，像小兔子一样的，像小马一样的。天空中翻起白浪了。

傍晚，在路上散步，被天空中奇异的云给牵住脚步了。它们像在天空中舞起了龙灯，穿一身霞光四溢的衣裳，龙头昂扬。

不过眨眼间，它们又四散开去，像些彩色的鱼儿游得欢。

我举起手机拍。有路人也在拍，他们眼眸里有惊喜，叫道，真好看。我在一边默默微笑起来，这"真好看"三个字，就是对今天晚霞最好的赞赏了。够了！

现实太沉重，我们每个人都活得不轻松，有时甚至是压抑的。可生活还得继续，我们要做的，不是逃避，不是沮丧，而是努力重新寻求一种平衡，与这个世界和平共处。一定要，爱着点什么，我们才能找回快乐。

我跑去海边散心。

特喜欢"散心"这个词，心在俗世里拘久了，会很累的，需要像放飞一只鸟儿一样的，让它去自然里散散步。

我一路向东。遇见好看的树，停下来。遇见好看的花，停下来。遇见好看的水，停下来。遇见好看的云，停下来。

我把心放出来，是来收藏美的。没有目的地，遇见谁就是谁，反倒有了好多意外惊喜。

就像遇见一群麋鹿。它们像一堆厚厚的褐色的云，簇拥在海边滩涂上，目测有四五百头之多。中有鹿王头顶青草，很有威严地扫视着四周。还有一只头顶着像破渔网之类的东西，很滑稽的模样，可它偏偏一脸严肃。我猜测半天，不解那是何意。是代表王中之王？

麋鹿见到人也是好奇的，远远张望。间或发出声音，粗壮的。我想到《诗经》里的"呦呦鹿鸣，食野之苹。我有嘉宾，鼓瑟吹笙"的场面，那时，是不是也有这种鹿在草丛里叫呢？

我在那里逗留很久，与那群麋鹿隔着一段距离。我们共享着一片天空，共享着一片大地，互相欣赏，互不侵犯。

开在悬崖上的点地梅

六月里去贵州的梵净山，山上的植被最是葱茏，众鸟喧哗，每一寸空气都是翠绿的、清新的、活泼的，山光明净自不必说，最让我难忘的，是那丛绽放于悬崖之巅的花朵。

那是一大丛点地梅。花朵洁白，远观去，如同撒满了小雪花，又像在崖顶上摊开了一条素白的花头巾。由于悬崖太陡，下临万丈深渊，我近它们身不得，只能把相机镜头尽可能地拉近、再拉近，一朵朵小花簇拥到我的相机屏幕上，它们一律伸着纤细的脖颈，朝着天空，五瓣裂开，黄蕊素颜，微笑宴宴。

我等着，看有没有蝴蝶飞过去，哪怕飞过去一只野蜂也成，好为它们的盛开鼓掌，顺带帮着传播花粉，使它们能够子孙繁盛。我等了很久，却没有见到一只——这么高的山上，蝴蝶不到，野蜂不到。后来我查阅资料得知，点地梅是可以靠自播繁殖的。在它完全孤立无援时，它努力实现自救，牢牢守住身下的一抔土，抓住路过的一缕风，这才有了灿然绽放，这才有了子孙绵延。

我很想深入这丛点地梅的内心。当它不幸降落于悬崖之上，无所依傍，它一定明了，只有靠自身的强大，才能抵御疾风厉雨，才能熬过孤独清冷。它生为弱者并不自悲，不怨天尤人，不自暴自弃，而是默默积蓄力量，努力强身健体，从上一年的八月底，一直到来年的六月，蛰伏隐忍，度过漫长的九个月。这其中遇到狂风肆虐，遇到冰雪侵蚀，但最终，它胜利了，完成了它的重生和盛放。

我想起少年时在乡下，有一户张姓人家，夫妻两个都是矮小瘦弱又笨拙的，干活从来干不过别人。他们的儿子，那时四五岁的年纪，整日里拖着一行鼻涕，浑身脏兮兮的，在一群聪明伶俐的孩子里，如同一只丑小鸭。村里人谁都瞧不上他们一家，认定这孩子，将来也是废物一个。谁知这孩子上学之后，人生竟一路开挂，考上名牌大学，毕业后，好多家大公司争着要他，他最后选择留在上海。原先优越于他的那些孩子，被他远远甩在身后。我爸有次跟我聊到他，说他现在可有本事喽，娘老子都享了他的福，被他接去上海住了。

自然界的万千生物，经过亿万年的优胜劣汰，能够生存下来的，无一不是靠的是自身的强大。对于一丛点地梅来说是如此，对于我们人类来说，亦是如此。只有做到自我强大，即使身处崖端，也能开出花来。

旅行的意义

我常被人追问这样一件事，你为什么那么喜欢旅行呢，旅行对你来说，到底有什么特别的意义？

我若是回答没有意义，我只是单纯地喜欢旅行，肯定会叫你失望。

真实的情形的确如此，我从来不带任何目的地去旅行，不急着赶路，不忙着去实现什么，遇见什么我就收下什么，无烦无恼，无欲无求，身心皆得解放，这也许就是我的旅行的意义所在吧。

我也曾试图做一些功课。当我知道将要路过一座古庙时，我便提前狠狠地了解了一下这座古庙的前世今生，以及那些优美的传说故事。我以为带着这样的知识储备去看一座古庙，一定会看出不一样的效果。结果，我光想着它的厚重了，反而忽略了它眼前的模样，好似无滋无味地打马而过，留下的记忆成了模糊不清的一块。从此，我再也不做这样的功课了。

我还是喜欢随意的旅行，只忠实于彼时彼刻的遇见。恰巧有一阵怡人的风吹过，有响亮的好天气守着，有好心情相待着，浅浅的喜欢，便如涟漪，一圈一圈，在心里荡漾开来。也没有什么深厚的历史做背景，也没有什么深厚的文化做衬托，普普通通的事物，普普通通的人，却因一时一刻的劈面相遇，而有了温度，有了惊喜。

比如说，在辽宁乡下人家的一堵围墙上，蹲伏着两只胖胖的白猫，暖暖的阳光，照得它们的毛发闪闪亮亮，它们如禅定了一般，面对游人的挑逗和惊呼，丝毫不为所动。事情过去了很多年了，我还能想起那两只白猫的样子。

比如说，我和那人在一片梅林中漫无目的地走着，突然有钟声响起，在丽丽的晴日下悠扬，在浮云一般的梅花上头飘荡。所有的梅花，仿佛在一瞬间都唱起了梵音，粒粒婉转，真叫我恍惚啊。

比如说，在江南的一个小镇，遇见一座古老的桥。桥是石板桥，身上爬满了绿色的藤蔓，看上去非常的玲珑，非常的清秀。桥下一汪绿绿的水，不着痕迹地流着。我在那里流连了很久，没什么，只是觉得那座桥真好看。

比如说，在遥远的莫尔道嘎，夜晚的广场上，一群当地人在扭秧歌。他们热情地借我一对绸扇，拉我进去一起跳。我和他们跳了一曲又一曲，曲终，人散，我们不说再见。我不知道他们的名姓，他们亦不知道我的名姓。可我们心里，分明都是欢喜的。

有一次，我误入贵州的一座大山里，迷了路。也并不着急，因为我看见有人家有烟火。野花丛中，一头黄牛慢悠悠地嚼着草，我和它瞪视良久，彼此都觉得好惊奇。在山坡上的玉米地里，有扎着红头巾的妇人在里面劳动，一丛淡紫的萝卜花开在她身旁。我跑过去跟她打招呼,她开心地停下来跟我说话。她说的是地方方言,又快又多,我是一句也听不懂。我说的是并不标准的普通话,我想她也没听懂多少。但这不妨碍我们两个热烈地交谈,我们说啊说啊,到挥手告别时,都是心满意足的。这次的偶遇,我每每想起,都要快乐很久。

这些细小的微不足道的遇见,恰恰是我旅行中最大的收获。正是它们,让我一次次看见真实的自己,灵魂一次次得到抚慰和升华。

一个人的碧海蓝天

不是所有的相遇，都能相悦欢喜、温柔善待。亦不是所有的牵手，都能笑看东风、相伴到老。

他是大观园里的贾宝玉，她是温柔贤淑的薛宝钗。虽是金玉良缘，可到底，她不是他前世的一滴泪。

这年，他18岁。她15岁。

两个新式的人，举行了一场轰轰烈烈的新式婚礼，却是在两个家庭包办的前提下。

婚礼的豪华，轰动一方。徐家摆下喜宴数百桌，前来贺喜的人，络绎不绝。张家的陪嫁绵延数十里，其中有许多家具都是特地去欧洲选购的，一火车皮也装不下。

当硖石的人们，还在津津乐道徐家婚礼的奢华、新娶少奶奶嫁妆的丰厚，羡慕着这场强强联手的婚姻时，婚姻中的他和她，却早已撤下华丽丽的道具，成了熟悉的陌生人。

他不待见她，从知道要娶她的那一刻起。不管这个"她"是张幼仪,还是别的谁,哪怕就是林徽因,他也不会认同"她"。只道"她"是封建礼教下的一个包袱,接受新式教育的他,骨子里反感着这场包办婚姻。他以为,他自由的心,从此被套上枷锁。

父亲的意志,他却无法违拗。他只得违心娶了她,早早地把她打进"冷宫",由不得她一句辩解。

在她,多么冤枉。本也是金枝玉叶,有着显赫的家世。祖父是前清知县;父亲是富甲一方的商人;二哥张君劢是颇有影响的政治家和哲学家;四哥张嘉璈是金融界和政界名流。

从小,她备受父母及兄长的宠。三岁时裹足,因不忍她疼痛,兄长做主,扔了她的裹脚布。她便很幸运地,拥有了一双天足。然日后,这双天足并没有给她带来婚姻幸福,她不无伤感地说,对于我丈夫来说,我两只脚可以说是缠过的,因为他认为我思想守旧,又没有读过什么书。

出嫁前,她过着无忧无虑的少女生活,就读于苏州第二女子师范学校。在那里,她接受着先进教育,成绩优异。只是尚未毕业,就被家人接回家,突塞一个夫婿给她。

无法揣测她当时的心理,惶恐?害羞?期盼?惴惴? 15岁的小姑娘,对着一张照片看啊看,直到把那个眉清目秀的人,印到心坎上。从此,他是她的郎。

他也看过她的照片,一句乡下土包子,从此给她定了形。无论她是何等端庄贤淑,何等聪明能干,她都入不了他的眼。任她再多努力,也敲不开,他用漠视竖起的那道门。

人都说,孩子是婚姻的纽带。有了孩子,再冷漠的婚姻,也会泛出水花来。

张幼仪盼着他们能有个孩子。

在婚后第三年,她如愿以偿,为徐家诞下一男婴。举家欢庆。

徐志摩是顶喜欢小孩的,那些日子,他脸上有了笑纹。对自己这个儿子,每每有些贪恋地看着,给他取小名阿欢。

阿欢周岁那天,徐家自是一番隆重庆贺。根据风俗,小孩子过周要"抓阄",家人便在小阿欢面前摆了量尺、小算盘、铜钱和一支毛笔。小阿欢一把抓起父亲用过的毛笔。祖父一见,乐不可支,连连道,我们家孙子将来要用铁笔!遂给孙子取名叫积错,希望他将来能走从政入仕之路。

这时的徐志摩,已远涉重洋,到美国留学去了。与家人也常有书信往来,念及阿欢种种,对其母却只字不提。

张幼仪那颗想靠近的心,又被拒在他漠视的门外,山重水复。她在徐志摩面前,越发的沉默寡言,生怕说错了话,惹他不开心。

1920年夏,徐志摩为要投到偶像罗素门下读书,弃唾手可得的博士衔,一意孤行地跑到英国去了。

他的举动,让父亲徐申如十分震惊,坐立不安。原指望他学成归来,能借助张家的势力,走上仕途,有一番作为。现在,这个儿子却如脱缰的野马,追着罗素去了。徐申如始觉得,他已无法掌控这个儿子了,儿大不由爹。

在这种情形下,送媳妇出国伴读,成了上上策。有媳妇在儿子身边,儿子的行为举止有个牵绊,不至于胡来。而且媳妇是能干的,说不定能拉回他这匹脱缰的野马。且徐申如也想让儿子尽尽为人夫的义务,好使他快点成熟起来。

张家人自然十分赞同徐家的想法,小夫妻长期分居,会感情疏离,这对张家女儿来说,不是好事。于是,由张幼仪的二哥张君劢写信给徐志摩。

徐志摩是十分尊重张君劢的,接信后,他极度不情愿地同意张幼仪来英。

这年秋天,一直有着众多佣人伺候着的张家小姐、徐家少奶奶张幼仪,只身带着行李,来到了除丈夫外举目无亲的英国,从此,事无巨细,她要用柔弱的肩扛起。在她,竟是无惧的,久别胜新婚,她满怀着一腔的思念和期盼。

迎接她的,却是徐志摩的厌烦和冷漠。这兜头兜脸的一瓢冷水,让她从头凉到脚。晚年的她回忆起当时这个场面,还忍不住唏嘘:

> 我斜倚着尾甲板,不耐烦地等着上岸,然后看到徐志摩站在东张西望的人群里。就在这时候,我的心凉了一大截。他穿着一件瘦长的黑色毛大衣,脖子上围了条白丝巾。虽然我从没看过他穿西装的样子。可是我晓得那是他。他的态度我一眼就看得出来,不会搞错的,因为他是那堆接船的人当中唯一露出不想到那儿表情的人。

早年间看过一部电影,片名和情节全忘了,唯记得里面一个女人,泪湿衫巾,边哭边说,他纵使是一块石头,这么多年,我也该焐热他了。

那时应该是同情她的。即便铁石心肠，在一叠温柔面前，也应融化成水。事实上，这只是人们的一厢情愿，心都不在那上面了，再多的温柔相待，又有什么用？

徐志摩接来张幼仪，在英国的乡下沙士镇租了两室一厅安顿下来。

两人的身体距离近了，心的距离，却还遥遥。徐志摩虽一日三餐在家吃，却极少说话，对饭菜的好坏，从不作任何评价。让一旁的张幼仪，心伤了又伤。要知道，为使饭菜合口，她想尽办法，尝试过多遍，却得不到丈夫一句表扬，哪怕是批评也好啊。

她无法把自己的想法告诉徐志摩，她一开口，他必说她，你懂什么？你能说什么？他的鄙视，让她极度自卑，她多想也多读点书、学点英文，成为一个饱学的人。

夫妻五六年，在她记忆里留存的温暖片刻，仅有那么可怜的两次：

一次，他带她去康桥看赛舟。河里百舟争流，徐志摩和一些外国洋女人甩着帽子尖叫，她却无端地脸红了，只拘谨地看着。

一次，他带她去看范伦铁诺的电影。她回忆：

> 本来我们打算去看一部卓别林的电影，可是在半路上遇到徐志摩一个朋友，他说他觉得范伦铁诺的电影比较好看，徐志摩就说，哦，好吧！于是我们掉头往反方向走。徐志摩一向是这么快活又随和，他是个文人兼梦想家，而我却完全相反。我们本来要去看卓别林电影，

结果去了别的地方,这件事,让我并不舒服。当范伦铁诺出现在银幕上的时候,徐志摩和他朋友都跟着观众一起鼓掌,而我只是把手搁在大腿上坐在漆黑之中。

这样的一同外出,并没有使他们距离拉近,反而更衬出他们性格的差异。他是一抹向阳的光,活活泼泼。她却是一杯安静的水,沉稳得近乎木讷。

家里的气氛始终沉闷。无数次的清晨,她倚着客厅那扇大大的落地窗,望着屋旁一条灰沙的小路。天边是雾茫茫的,风中传来教堂晓钟和缓的清音,当,当,当,把人的心都敲碎了。女人的直觉告诉她,她的丈夫,这么一早匆匆出去,一定在外面有了人,他将要娶个二太太了。

她不断安慰自己:我替他生了儿子,又服侍过他父母,我永远都是原配夫人。

她已经作好接纳二太太的准备。

事情发展的结果,远比张幼仪预料的可怕,徐志摩真的有了心上爱,且坚决地提出离婚。

古有休妻之说。但大张旗鼓提出离婚的,绝无仅有。

张幼仪一下子傻了,惊慌失措得无以复加。当时,她已有两个月身孕,徐志摩并不怜惜,反而一句,把孩子打掉。张幼仪害怕,说,我听说因为有人打胎死掉的。徐志摩冷漠地接口道,还有人因为火车事故死掉的呢,难道人家就不坐火车了吗?

之后便是长时间的冷战。对张幼仪来说,那些天,无疑是在烈火中煎熬。她找不到一个可以哭诉的人,心整天被吊在半空中,不知底下的深渊,到底有多深。

一星期后,徐志摩不辞而别,把张幼仪一个人扔在沙士镇。张幼仪成了一把"秋天的扇子",被遗忘在密封的匣子里。

1922年2月,张幼仪在德国生下次子彼得。她与徐志摩的婚姻,也走到了终点。徐志摩不顾父母的强烈反对,写信给她,正式提出离婚:

> 故转夜为日,转地狱为天堂,直指股间事矣……真生命必自奋斗自求得来,真幸福亦必自奋斗自求得来,真恋爱亦必自奋斗自求得来!彼此前途无限……彼此有改良社会之心,彼此有造福人类之心,其先自做榜样,勇决智断,彼此尊重人格,自由离婚,止绝痛苦,始兆幸福,皆在此矣。

他不爱她,他爱的是"西服",是西式和现代。说到底,是性灵自由的解放。如他心中的女神林徽因。她却仍爱他,迈着他以为的"小脚",守着她的传统。离婚在他是挣脱,在她是放手。

我有点邪恶地作这样的揣想:若张幼仪也能作河东狮吼,对徐志摩据理力争,如江冬秀之于胡适,泼辣勇猛,纳小都不允许,何况离婚。那么,结局会如何?徐志摩怕是很难做到全身而退,毫发未伤。又或者,经此一折腾,我们大诗人的性灵里,冒出这样的念头,原来身边妻是这等可爱的女人。他舍不得放手了,他开始爱了。

然张幼仪就是张幼仪,表面看似懦弱,骨子里却自尊自强。现在,提心吊胆的日子终于到了头,她反倒什么也不怕了。三月,德国柏林,由吴金熊、金岳霖等人公证,张幼仪在离婚协议书上签上了自己的名字。

三个月后,徐志摩写了首《笑解烦恼结——送幼仪》的诗,和他的离婚通告一起刊出,在整个社会上引起哗然,他勇猛迎上,纵使肝脑涂地,亦在所不惜。在他,终向封建包办响亮地说了声,不!激情何等洋溢,此后山高水远,他自会如一只自由的鸟儿,去奋飞:

这烦恼结,是谁家扭得水尖儿难透?
这千缕万缕烦恼结,是谁家忍心机织?

这结里多少泪痕血迹,应化沉碧!
忠孝节义——
咳,忠孝节义谢你维系
四千年史髅不绝,
却不过把人道灵魂磨成粉屑,
黄海不潮,昆仑叹息,
四万万生灵,心死神灭,中原鬼泣!
咳,忠孝节义!

东方晓,到底明复出,

>   如今这盘糊涂账，
>   如何清结？
>
>   莫焦急，万事在人为，只消耐心，
>   共解烦恼结。
>   虽严密，是结，总有丝缕可觅，
>   莫怨手指儿酸，眼珠儿倦，
>   可不是抬头已见，快努力！
>
>   如何！毕竟解散，烦恼难结，烦恼苦结。
>   来，如今放开容颜喜笑，握手相劳；
>   此去清风白日，自由道风景好，
>   听身后一片声欢，争道解散了结儿，
>   消除了烦恼！

他又说，解除辱没人格的婚姻，是逃灵魂的命。

他跟了他的性灵走，却没有顾及到把一个弱女子抛下，她背着被丈夫遗弃的名，还要独自抚养幼子，该如何承受？

1931年12月，林徽因在《悼志摩》中，对她眼中的徐志摩作了一番深情追忆：

> 志摩是个很古怪的人，浪漫固然，但他人格里最精华的却是他对人的同情、和蔼，和优容；没有一个人他对他不和蔼，没有一种人，他不能优容，没有一种的情

感,他绝对地不能表同情。

林徽因其实错了,她说漏了一个人,这个人便是被她间接伤害过的张幼仪。徐志摩的同情、和蔼与优容,独独没有对张幼仪。他对她始终冷漠,最后决绝到近乎残忍,这是他人性的欠缺。纵是才子,也有普通人的弱点,对近在咫尺的爱和好,视而不见。亦或许,在不知不觉中,他已把张幼仪当作家人中的一个,家人是用来伤害的,外人才是用来尊重和爱的。

林徽因是心知肚明的,不管她有多么无辜,徐志摩是因她的出现,才动了离婚的念头。当然,没有她,或许还有李徽因王徽因的出现,就像后来出现的陆小曼。徐志摩也许还会提出离婚,但结局会大不相同。

林徽因背负着这份歉疚,无处安放。在徐志摩死后近二十年,她约见了张幼仪。张幼仪带着儿子和孙子跑去,那时,她躺在医院的病床上,生命的灯盏,已极微弱。

那是两个女人今生唯一一次见面,她们相对着,都没说话。事后张幼仪说,我不晓得她想看什么,也许是看我人长得丑又不会笑。

我以为这是张幼仪说的气话,她怎么会不懂她?她是一眼就看穿林徽因内心的挣扎与苦楚。一生一世,在林徽因灵魂的高处,一直站着徐志摩,无人可替代,他们是心灵相好的两个。

当一个人被逼到走投无路时,只有两个选择,一是自我毁灭,一是重新来过。

张幼仪初听到徐志摩尖叫着对她说,他要离婚。她的眼前一片黑,夜晚冰凉的风,仿佛涌进了她的肺。她想到了死,一头撞死在阳台上,或是栽进池塘里淹死,或是关上所有窗户,扭开瓦斯。但后来她记起《教经》上的第一个孝道基本守则:身体发肤,受之父母,不敢毁伤,孝之始也。她打消了死的念头。

深渊到底有多深,也是望得见的了,最坏的结局,不过是离婚。她反倒坦然起来,一个人带了孩子彼得,在德国生活,努力学习德文,并进了裴斯塔洛齐学院,专攻幼儿教育,开始了一个全新的自己。

隔了距离,徐志摩对她反而敬重起来,他们常有书信往来,谈论小彼得的种种,譬如他对音乐的热衷,几乎是从襁褓里起。

1925年,他们可爱的小彼得,却死于腹膜炎。一周后,徐志摩赶到,那是他们离婚后第一次见面,相对无言,泪眼婆娑。后来,张幼仪领他一一看彼得的遗物,睡的床铺,喜欢的小提琴,日常把弄的小车、小马、小鹅、小琴、小书等玩具,穿过的衣、裤、鞋、帽。徐志摩发了痴般地看,心痉挛成一团。对被他抛弃的妻,又多了一层敬重和理解——没有他的日子,她把孩子照料得如此的好。

他后来在《我的彼得》中这般写道:

> 彼得,可爱的小彼得,我"算是"你的父亲,但想起我做父亲的往迹,我心头便涌起了不少的感想;我的话你是永远听不着了,但我想借这悼念你的机会,稍稍疏泄我的积愫,在这不自然的世界上,与我境遇相似或

更不如的当不在少数,因此我想说的话或许还有人听,或许有人同情。就是你妈,彼得,她也何尝有一天接近过快乐与幸福,但她在她同样不幸的境遇中证明她的智断、她的忍耐,尤其是她的勇敢与胆量;所以至少她,我敢相信,可以懂得我话里意味的深浅,也只有她,我敢说,最有资格指证或诠释——在她有机会时——我的情感的真际。

其时,名媛陆小曼,占领了他的整个心田,他陷进又一场爱恋中,天翻地覆。饶是如此,他给陆小曼写信,还是忍不住赞叹他的前妻:

> C(张幼仪)是个有志气有胆量的女子……她现在真是"什么都不怕"。

要想真正赢得他人的尊重,只有自己的自立自强。道理虽很浅显,但现实世界里,在黯然消退后,又华丽再现的能有几人?

破茧方能成蝶。张幼仪做到了。她做德文老师;她经营云裳服装公司,担任总经理;她接办女子商业储蓄银行,成为副总裁。她从低眉顺眼的小媳妇,蜕变成有主见、有主张且相当主动的"三主"女强人,在男人涉足的金融界,她做得有声有色,大获成功。与张幼仪照过面的梁实秋,如此评价她:

> 她是极有风度的一位少妇,朴实而干练,给人极好

的印象。

和徐志摩的离婚，使她脱胎换骨。晚年她回忆自己的一生，说出这样的感想：

> 在去德国之前，我什么都怕，在德国之后，我无所畏惧。

徐志摩对她的"残忍"，从另一个层面上来讲，或许是慈悲。他不爱她，却没有像林长民一样，另娶新人进门，让她穿着婚姻的外衣，守在被遗弃的"冷宫"里，日日看着他和新人欢笑恩爱。这好比凌迟，刀刀见血。

他无情地推她出门，外面天也高、地也阔，她别无牵绊，有她的人生路好走。她成了后来的女强人张幼仪，从狭小的天空，走到外面的广阔天地里，都是托他的福。

他飞机失事，她着儿子阿欢去山东给他收尸，有条不紊地为他操办了整个丧事。她提笔书写的挽联是：

> 万里快鹏飞，独憾翳云遂失路；一朝惊鹤化，我怜弱息去招魂。

爱，或者恨，都不重要了。生，她不能守在身边，死了，却可以去招回他的魂。他终究，还是回到她身边。

她后来帮着徐家打理产业，为"公公"养老送终，接济潦倒

的陆小曼,让人敬仰。53岁那年,她遇到了属于自己的另一半,忐忑地写信给儿子阿欢,征求儿子的意见。儿子如此回复:

> 母职已尽,母心宜慰,谁慰母氏?谁伴母氏?母如得人,儿请父事。

她于是有了自己的避风港。

晚年,面对晚辈的一再追问,她说出令人心疼的一段话:

> 你总是问我,我爱不爱徐志摩。你晓得,我没办法回答这个问题。我对这问题很迷惑,因为每个人总是告诉我,我为徐志摩做了这么多事,我一定是爱他的。可是,我没办法说什么叫爱,我这辈子从没跟什么人说过"我爱你"。如果照顾徐志摩和他家人叫作爱的话,那我大概爱他吧。在他一生当中遇到的几个女人里面,说不定我最爱他。

尘缘相误,流年偷换,谁是谁的劫?——这也不重要了。重要的是,她没有成怨妇,一辈子活在仇恨和抱怨里,暗无天日。她选择放下,用宽容和爱,重新铺写自己的碧海蓝天。她不但成全了徐志摩,也成全了她自己,幸幸福福活到88岁,无疾而终。

图书在版编目（CIP）数据

丁立梅散文 / 丁立梅著 .—北京：作家出版社，2023.5
（作家散文典藏）
ISBN 978-7-5212-2286-9

Ⅰ.①丁… Ⅱ.①丁… Ⅲ.①散文集－中国－当代 Ⅳ.① I267

中国国家版本馆 CIP 数据核字（2023）第 070439 号

丁立梅散文

丛书策划：路英勇　张亚丽
出版统筹：启　天　省登宇
作　　者：丁立梅
责任编辑：省登宇　周李立
装帧设计：TT Studio
出版发行：作家出版社有限公司
社　　址：北京农展馆南里 10 号　　　邮　　编：100125
电话传真：86-10-65067186（发行中心及邮购部）
　　　　　86-10-65004079（总编室）
E-mail:zuojia @ zuojia.net.cn
http://www.zuojiachubanshe.com
印　　刷：北京盛通印刷股份有限公司
成品尺寸：142×210
字　　数：190 千
印　　张：9.375
版　　次：2023 年 5 月第 1 版
印　　次：2023 年 5 月第 1 次印刷
ISBN 978-7-5212-2286-9
定　　价：35.00 元

作家版图书，版权所有，侵权必究。
作家版图书，印装错误可随时退换。